仝海请回答

陈恒礼　卢波　王建／著

古吴轩出版社

图书在版编目（CIP）数据

仝海请回答 / 陈恒礼, 卢波, 王建著. -- 苏州 : 古吴轩出版社, 2021.5
ISBN 978-7-5546-1749-6

Ⅰ. ①仝… Ⅱ. ①陈… ②卢… ③王… Ⅲ. ①报告文学－中国－当代 Ⅳ. ①I25

中国版本图书馆CIP数据核字(2021)第100904号

责任编辑：洪　芳　俞　都
见习编辑：张雨蕊
装帧设计：杨　洁
责任校对：徐小良　万海娟
责任照排：杨　洁

书　　名：仝海请回答
著　　者：陈恒礼　卢波　王建
出版发行：古吴轩出版社
地址：苏州市八达街118号苏州新闻大厦30F　　邮编：215123
电话：0512-65233679　　传真：0512-65220750
出 版 人：尹剑峰
印　　刷：苏州市越洋印刷有限公司
开　　本：889×1194　1/32
印　　张：7.5
字　　数：143千字
版　　次：2021年5月第1版　第1次印刷
书　　号：ISBN 978-7-5546-1749-6
定　　价：45.00元

仝海这样告诉我们

老实说，我第一次接触“仝海”这名字时，就很奇怪地想它是哪个地方的海。其实，它根本就不是海！因而一般人根本不可能知道它。

然而现在我知道它了，而且确信它是一片真正的海，一片让我们激情澎湃的海，比一般大海还要大的海……

这仝海，真的让我很激动，因为它让我认识了海之外的海、人之外的人。在这个星球上，海与人之外还有什么？只有天了！所以仝海其实是一方与天对等的天、与地媲美的地……

正是《仝海请回答》的作者，让我从此认识了这部优秀的作品，以及这个仝海。

我已经有很长一段时间没有阅读到像《仝海请回答》那样酣畅的报告文学作品了！事实上，这本书里的文字和文字里流淌出的那个“仝海”，让我陶醉和感动了！毫无疑问，这是部非常优秀的纪实类文学作品，它的文字就像春风拂过的绿色大地一样，只有盎然的春色和清新的气息，会让你在这样的春色与气息中渐入仝海、投入仝海，最后跟着仝海一起“浪”，一起“潮”，一起歌与舞……

好作品必须有好的语言。《仝海请回答》的语言，属于大地的自然声音和自然节奏，因此是悦耳和动听的，悠扬而回荡的。

好作品必须有好的结构。《仝海请回答》的结构，巧妙地运用了二十四节气的排列，是无法颠覆的美和无法随意变动的旋律，有着如瀑直泻的流畅与婉转。

然而《仝海请回答》最珍贵的是其内容，是对仝海生动、细腻、精彩地描绘与叙述——它通过描写一个小村庄的历史性巨变和巨变中的那些普通中国人的奋斗精神和智慧才能，向世人庄严地回答了“中国共产党为什么能”“中国人民为什么能”“中国为什么能”。

现在我们可以稍稍地走近一下“仝海”了——

仝海本身确实并不是海。可以称其为“海”的理由，是它在苏北平原上呈现了一片广袤丰饶的稻之海。春天，它是一片被明媚阳光映照着的绿色之海；秋天，它是一片稻香十里的金色之海。一年四季，春夏秋冬，从立春到冬至，它都是一片激情之海、快乐之海、幸福之海。

隶属徐州市管辖的2000多个行政村之一的仝海，位于睢宁县邱集镇。古黄河使它成了江苏最北的水稻种植地。

曾经的仝海是一片汪洋之海，在黄河泛滥的年代，这里的庄稼连年遭殃。因此仝海另有一个诨号——“苦海”。睢宁县一直是国家级贫困县，仝海是省定经济薄弱扶贫村。为了挣脱被贫穷紧锁的镣铐，这里一代代的共产党人，用奋斗、奉献和牺牲，撑起了它一点点舒朗起来的天空……仝海人的口袋一天天鼓了起来，仝海人的腰板也一天天挺了起来，直到现在可以昂首挺胸了！

仝海人的奋斗之路，是从改变千千万万棵水稻的命运开始的。而水稻的丰收，又改变了仝海人和整个村庄的命运。这里自然有各级党委、政府的关心支持，也有对接帮扶的江阴长江村的温暖相助，最主要的是有仝海人自己的奋斗与拼搏……

今天的仝海村，已经成为镶嵌在古黄河岸上的一颗明珠，成为镶嵌在江苏大地上的一颗明珠。在仝海，你尽可以“看得见山，望得见水，记得住乡愁”，可以见到乡村振兴的美丽画卷以及仝海人绽放出的美丽笑颜。

《仝海请回答》已经给出了最好的答案：中国共产党就

是这样能！中国人民就是这样能！当代的中国就是这样能！仝海用仝海经验、仝海精神、仝海风采，完整并完美地回答了世界上那些怀疑中国、怀疑中国共产党、怀疑中国特色社会主义制度的所有疑问。

有理由向仝海人，向那片承载着中国精神、中国经验、中国风采的比大海更美丽、更壮观的“海”致敬！

何建明

2021年“五一”于上海

（作者系中国作家协会副主席、中国报告文学学会会长）

目　录

第二章 春

第三章 夏

第四章　秋

序　章

1

我被一串甜美的歌声所吸引，走进了仝海村。

人人都说仝海好
激情的岁月在燃烧
一座牌坊一条大道
肥沃的土地飘着仝海“味稻”
百姓广场跳着舞蹈
公园春色分外妖娆
东楼西楼阳光普照
米厂唱着乡村的小调
党支部带俺在小康路上跑
小喇叭滴滴答答奏响新生活

人人都夸仝海好
火红的朝霞在蓝天上飘
美丽的村庄花开万朵
开出了仝海人香甜的“味稻”
归来的燕子在辛勤筑巢
创业的小伙收获着骄傲
农家子弟跨进了名校
长江浇育着茁壮的秧苗
新时代描绘着梦中的自豪
仝海人把幸福拥进怀抱

2

四季之外再无季，节气之内有情节。

春雨惊春清谷天，夏满芒夏暑相连，秋处露秋寒霜降，冬雪雪冬小大寒。上半年来六廿一，下半年是八廿三，每月两节日期定，最多相差一两天。

一年四季，时令有序，不可逆转。时令之内，风雨无常，冷暖交替。变化交替之中，人可以顺其自然，蓄势待发。时机成熟，便有奇迹发生……

3

历史，是人们经历酷暑寒霜，坚韧不拔创造出来的。无论多么厚重的册页，也是一个字一个字呕心沥血积累起来的章节。已经创造的辉煌，是看得到的灿烂，终究会成为过去；还未看到的风景，是还没实现的蓝图，在远方召唤。步履不停，已经迈进新的季节，一切梦想都可能实现。

仝海四季

仝海的四季，排序从冬天起始。

如果把贫困和落后比喻成四季中的冬天，仝海人肯定并不反对。

人们的常识是，四季的轮回从春天开始。春天来了，万物复苏，萌芽吐翠，繁花似锦，欣欣向荣。人们脱掉沉重的冬衣，伸腿展臂，清清喉咙，轻松自如起来。没有羁绊，多么自由。

其实，来到仝海的土地上，我突然从他们的神态当中感到，这里的春早已经在冬的深处萌动了。

从进入冬的那一刻起，寒冷长驱直入，渐渐走向极致。当它到达顶点的时候，春的意识也同时产生。虽然在初始阶段，它是微弱的，几乎是无法被感知的，却在暗自强大，一点一点用温暖抵消寒冷，驱赶寒冷，直到酥软冻结的土地，融化冰封的河流，让希望萌发出新芽，翠染大地，展现出蓬勃向上的姿态。在这个时候，没有任何邪风左道可以牵扯住春天在全海迈出去的脚步。百鸟争鸣，都在为春天歌唱。

全海的春，从在冬天里萌动那一刻起程。这一年，是2012年！省委帮扶工作队进驻全海村，对全海来说，具有里程碑的意义。

就如同一条生命来到人间，人们是从他第一声嘹亮的啼哭开始认识他的。然而在这之前的数月里，他已经在母腹中躁动着了。这一点往往被人们忽略不计。

几乎所有的人都是这么认为的，也几乎所有的人都认为这没有什么不对。

只有春不言语，按照自身的轨迹在不断地运动。

春

春在仝海的骄傲，就是展现在天地之间的一团团的翠绿。

你无法拒绝，谁也无法拒绝。那一份由淡到浓的绿色启蒙，如同孩子般地扯动轻风，沐着阳光，在春天里自由地竞发。它忽视所有的外来干扰，阳光下都是它去的地方，像风筝在蓝天里飞翔。

仝海的春，钟情的还是勤奋播种的农人。

用理想的温度吹暖土地，用热烈的呼唤催醒种子，用火热的梦想描绘家乡。

这一片初绿，是向春天表达的欣喜，在无限欣喜中，绽放出五颜六色的花朵，装饰着脚下的风景。

我们现在还不能说仝海的春多么浩荡磅礴，多么广袤无垠，但它正悄悄地改变着枯黄干瘦的原色，涌动着无法估量的前景。

夏，绿了村庄，绿了土地，绿得满满当当。

仝海的夏，也只有这些可以绿得丰盛。一无高山，二无大河，绿向何处？

可这就足够了。所有的绿，都是充满希望的夏，都是创造新生的夏。

睢宁仝海村与江阴长江村是一对手手相搀相扶的兄弟。如果说长江村是伟岸俊秀的夏，那么仝海村只能算是刚刚学步的夏。它们的夏没有可比性。长江村的夏，染绿长江两岸；仝海的夏，只能染绿自己的家门口。

但夏的目标是一样的，夏的热烈是相同的。仝海的夏，在朝露晚晖、风和日丽里。走过每一株稻子，抚摸每一株稻子，听每一株稻子的喃喃细语。仝海的稻子，是夏的宠儿。它们欢跳在一起，相拥在一起。它们共同缔结的情感，炽热而又真诚。这些稻子的夏绿，是长江与仝海共同的颜色，寄托着共同的心愿。

它们是笨拙的、齐展展的夏，它们是互相比肩、步调一致的夏，站成了一方磅礴的阵容。只有在夏的关注之下，才有如此令人震撼的稻海，一片波涛起伏绿色的海。到了秋天，就是一片金色的海，金色的仝海。

稻子在仝海村，就是夏的传奇。它们丰满了一村人的希望，如同明亮而又深远的童年夏梦。

秋

秋到仝海，总是腼腆羞涩的。它无法遮掩内心那一份喜悦的期待。

秋的期待和稻子的向往，都有一种不可言说的愉悦。在希望的田野上，它们知道怎样去描绘每一个细节，涂抹想象中的色彩。如果稻子是一位诗人，秋就是一位哲学家。完美的结合，就是纯净的画面，就是诗与远方。

这真是非常奇妙的，每一支稻穗里，都蕴含着一颗颗饱满的菁华，细长而又丰润。那里贮满了春的舒展、夏的绚美、秋的芬芳。

仝海的米厂里，正谱写着秋天的歌谣。

第一章

墙角数枝梅，凌寒独自开。

遥知不是雪，为有暗香来。

——王安石

注：本部作品所引用的古诗词，只对应季节时令，与内容无直接关系，谨供读者朋友调节在阅读期间有可能产生的枯燥沉闷之感。

——作者

第一节　立冬

把棉裤里的棉花掏出来

冻笔新诗懒写，寒炉美酒时温。

醉看墨花月白，恍疑雪满前村。

——李白

赵万才今年85岁了，牙齿虽掉了几颗，但精神矍铄，思维敏捷。他是位退休的老教师，在仝海、高楼、王林等地的小学前前后后教了38年的书。问他现在每月拿多少退休金了，他对别人说只拿5000元左右，而实际上拿了接近7000元。他说不能把实话说出来，怕别人眼红。他教过夏永，是夏永的老师。他见到我的第一句话就说："能不能给仝海村写一首村歌？每天只要村歌在大喇叭里一放，大家就知道村里会有什么事情了。"我和夏永都在笑。我说："您老年纪这么大了，思想还这么潮啊。"他说："我就是这么想的。"

坐下来的赵万才老师点上一支香烟，沉默了一会儿，对我说起了仝海的历史。

"我们这个村子为什么叫仝海？因为当时这个村庄是先有仝姓人家住下的，而且地势低洼，每年汛期，阴雨连绵，整个村庄积水严重，长时间里水也下不去，村子就被喊成仝海了。

"我小的时候，仝海也叫仝海圩子。村里人从四周拉来土筑圩子，圩子筑得很高。筑圩不是为了防水灾，而是为了防土匪。那个名叫'大长腿拱子'的土匪头子，共有两个兄弟，老二叫'二拱子'，老三叫'三拱子'。圩子筑好后，住在圩子外面的人都搬到圩子里边住了，相对安全点。圩子里又盖了三间堂屋、三间偏屋，给土匪‘二拱子’住，求他保护圩子。四周土匪多，一听说‘二拱子’住在仝海圩子里了，也就不再来骚扰了。据传说，圩子里姓仝人家的祖先是北方的少数民族，此地留下来的大年三十扔火把的习俗，就是当年号召大伙揭竿而反的号令。后来，没有逃走的少数民族后人为了保全性命，就改姓仝了。”

仝海村在康熙年间还叫过周湾。史载，黄河发生特大水患，带来大量泥沙，将周湾埋入地下。旧时，这里每年夏季必遭遇洪涝灾害。为了排涝，村民开挖了南北走向的河流，取名为毛洼河。当年这里也是有名的水旱码头和官方驿站，南来北往的客商云集于此，集贸市场非常繁荣，是官员、学子、部队等往返驻足之地。这条毛洼河至今仍然发挥着排涝作用。原来的毛洼桥位于仝海村郁庄和王术村刘庄的交界处，至今还存有“毛洼桥”碑石一块。

夏永上任村党支部书记后，发动大伙疏通了这条河，毛洼河更加通畅了。村民说这是接通了风水，夏永说这是保护生态环境。

当年与毛洼河齐名的，还有一条名字听起来阴森恐怖的“杀人沟”。因为地处偏僻，地野人稀，土匪经常在这里杀人越货，故人们把这条沟称为“杀人沟”。徐州解放后人们认为世道变了，是共产党领导人民当家作主的天下了，“杀人沟”三个字不吉利，就把“杀人沟”改称为“和平沟”了，沿用至今。

仝海村位于邱集镇政府东北，距离镇政府约13公里，村部设在程庄。612省道从村前横穿而过。现有人口4103人，均为汉族，有耕地5160亩。粮食作物主要是小麦、水稻，经济作物有西瓜、大豆等。1956年村改社时改为周楼社。1957年改为繁荣社。1958年并入五里大队。1971年繁荣大队与王庄大队合并为仝海大队，属王林公社。1973年仝海分为仝海、王庄两个大队。1983年体制改革，属于王林乡。2000年行政区划调整，属于邱集镇。2002年仝海、王朱两村合并为邱集镇仝海村。下辖15个自然村，有15个村民小组。

在赵万才的回忆里，他的童年、少年时代是苦不堪言的，最苦的是家里常年没有粮食吃。村里有一所小学，三间教室、三间办公室，二十多个学生挤在一起上课。家里后来不准备供他上学了，因为交不起学费。他到同学朱思田的家里，说他念不起了。朱思田的父亲说“你俩必须念”。他盛一碗稀饭给小赵万才喝，让他去上学，还说学费的事他会想办法。后来朱思田考取了泗洪初中，而赵万才没有考上。朱思田要上初三时，他父亲还是坚持要赵万才再去报考。那时赵万才家里姊妹七个，连父母、祖父母加一起十一口人，真的很难供他上学，但他还是去报考了，而且还考上了。就这样，朱思田上初三时，赵万才上初一。从家里去学校，单趟有一百多里，天麻麻亮就起来上路，到学校天就黑了，全是跑步。

有一年正月初六，他去另一个朱姓同学家相约一起去学校，却发现他一直在哭，原因是没有干粮可带。他父亲睡在床上唉声叹气，一言不发。他母亲一边流泪，一边在锅里做了七块胡萝卜饼，让他带回学校吃。赵万才说："人下葬时带七块打狗饼，你这也是带七块啊。"同学妈妈苦笑了一下。出了村庄二里路远，赵万才的这位朱姓同学再也忍不住了，说："万才，我们把它拿出来吃了吧！"说完就打开包胡萝卜饼的废纸，狼吞虎咽起来。赵万才清楚地记得，他吃了三块，他同学吃了四块。他们赶到学校时，见校长正在发放清汤白干稀饭，这是因为开学了临时准备的。

他们在学校，就是靠国家下拨的每月30斤粮食，还有3元或5元的奖学金硬撑下来的。但这不够正在长身体的赵万才吃的。那一天，赵万才怯怯地凑到学校总务主任姚老师面前，姚老师一看就知道赵万才没有饭菜票了。那时一张饭菜票是1毛8分钱，姚老师给了赵万才11张。每到放假，赵万才把被子、学习用具及书籍存放在姚老师那里。至今，提到姚老师帮助他度过那段艰难的求学岁月，赵万才仍然感激不尽。

冬天过去后，天气渐渐热了起来，棉衣已经穿不住了，可赵万才没有衣服可换，他只好把棉裤里的棉花掏出来。他一把一把地掏，掏得心疼，掏得坚决。他不掏棉花，他穿什么呢？掏完了棉花，棉裤就可以改成夹裤穿了。

好不容易初中毕业了，赵万才接到他哥哥的来信。他哥参加抗美援朝回国之后，被安排在北京一家工厂工作，来信要赵万才抓紧时间去北京，正好有个机会给他安排一份工作。可是去北京的车票需要12元8毛钱，赵万才一家一时借不到。等到十几天后好不容易凑齐路费，赶到北京见到大哥，机会又错过了，晚了。就在这个时候，赵万才接到了高中录取通知书。他回来继续上学，指望高中毕业后可以考上一所大学，随便哪一所都可以，这样毕业以后就可以端上铁饭碗了。不幸的是，1961年他们9个同学竟然无一被录取！此时赵万才的户口还在学校里，校长说："我给你写一封信，你带回去见你们县的文教局局长，管不管用我就不知道了，你去碰碰运气吧！"

赵万才知道校长这封信写的都是他的优点，推荐他去当一名教师。他那时也没有鞋穿，穿的是一双草鞋，破小褂、破单裤。门卫拦住了他，问他来找谁。赵万才亮了亮信封，说找文教局局长。门卫打完电话后，才放他进去。他也不知道该怎么去找，文教局局长在哪间房子里。正巧迎面走来一位工作人员，问赵万才找谁。赵万才递上信说找文教局局长。这人把信拆开读了，读完之后说这事不大好弄，就在原信上写了几行字，交给赵万才，让他回到王林中心小学找校长。赵万才赶到王林中心小学时已是中午时分了。校长看完信告诉赵万才："你先回家等等吧。"

赵万才就回到家里等校长的消息，一直等到9月1日开学了，仍然没有人通知他。眼看一个月又快过去了，还是没有人通知他。他认为当老师的梦想要破灭了。就在他绝望的时候，10月1日，通知来了，要赵万才明天到学校去报到上班。赵万才喜出望外，他当上老师了！实际上是代课老师，高中毕业的一个月18元工资，初中毕业的一个月15元工资。干了有一年，上面的政策发生了变化，全省代课教师改为民办教师，起先一个月8元，交生产队5元计工分，3元自留。后来逐渐涨到每月14元、18元，不用交生产队了，可以自己支配，直到后来赵万才转为正式教师为止。

赵万才说："夏永与我带点亲，他是我舅的孙子，我教过他。记得他曾开过一家小饭店，我还带人去吃过。夏永很客气，算得也不贵。后来他进了村里当干部，管计划生育，我去找他说过情。他说上边有党和政府的政策，这事不好办，也不能办。那时我就看他干劲非常足，心里也很高兴。后来他就当上了仝海的村党支部书记。

"现在在他的带领下，仝海村好了，全省全国有名了。公粮、农业税不用交了，还给年纪大的人发澡票了，老百姓看病能报销、给救助了。村里也没有小偷小摸、骂仗干架的了。谁叫人家夏永能干呢！还是有共产党领导好啊！”

赵万才讲到兴头上，突然问我：“你说人长寿是不是家族遗传？”

我知道他为什么要这么问，毕竟他今年已经85岁高龄了，就说：“据说是。”

他说他祖父活了94岁，他父亲活了95岁，老太爷也是90多岁。

我说：“你起码可以活到99岁！”

赵万才笑了，说：“用不了活这么大，用不了活这么大！”

他说：“仝海村现在能帮助别的村了，帮8个村，一个村一年给两万，那可是十几万元钱啊！”他又念叨说：“村里的孩子考取大学，村子里给现金奖励；再考取研究生，村里还发奖励。我家的孩子大学毕业以后，现在在北京中关村工作，一个月拿两万来块！”念头又一转，又说：“赵大树（化名）娶媳妇时，对女方讲，我家里穷！女方说，穷不怕，只要老实能干，共产党就喜欢帮助穷人，领导穷人翻身得解放！”

临道别时，赵万才还不忘对我说：“为仝海村写一首歌吧！喇叭一放，我们都听到了，村里有事情了！”

我就想：

人人都夸仝海好

火红的朝霞在蓝天上飘

美丽的村庄花开万朵

开出了仝海人香甜的“味稻”

……

第二节　小雪

他今年76岁了，终身未娶

农事未休侵小雪，佛灯初上报黄昏。

年来渐识幽居味，思与高人对榻论。

——苏轼

仝海村朱条组的朱培胜今年76岁了，从1975年任生产队辅助会计开始，到现在还担任着朱条组的小组长，干了46年。他兄弟三人，他是老大。小时候家里穷，母亲生病，全靠父亲一个人支撑，所以他上学只读到四年级，算是认识字的文化人了。在46年前，生产队的辅助会计也就是个记账员而已，会写1到10基本就可以胜任。

朱条组有103户，420口人种了420亩耕地。现在这些土地都流转出去了。流转出去的沟渠路整理出20余亩耕地，这算是集体的，一年收入一万多元，留组里开支。开支也不是由朱培胜说了算，他要先报使用计划，拿到村里去审批。村里也没法直接批，还要报到镇里，镇里计划下来了，拨给朱培胜了他才能用。

朱培胜说："当小组干部那时，大家公认我行。我就说，我不会用集体一分钱，你们放心！"

朱培胜这一承诺，出口就坚持了46年。为了证明此话不虚，他从前屋拿出一摞账本。其实也不是什么账本，是一页一页纸，有打印的，有手写的，上头有签字的，有鲜红手指印的，那都是村民领钱时留下的，从2014年保留到2020年。

2014年以前的他大概还有。因为他说有些账本都被老鼠咬了。他还说，这些组里收支账目，从村里打印回来后，不是贴在一处，而是贴在家家户户大门旁，让村民看个仔细，检查对不对。

例如，表格上有：

2014年5月15日，清理垃圾，李翠兰、李兰侠、朱培礼等人各领了40元。

5月16日，大汪边割草，每人40元，由位维荣统一领去后分发给大家。组里群众如有疑问，可以到仝海村委会反映。（下面注上了村党支部书记和村委会主任的手机号码。）

西湖承包地收入，支出后结余1442.32元。

北湖承包地结余3037.50元。

……

有一阵子，朱培胜说自己年纪大了，不想干了。镇里审计所金所长带人来审账，看到他连用集体钱买一包烟的支出也没有，就对他说："你这样的小组干部，不干哪能行？得干！"

我就问了朱培胜一句话："这么大的一个院子，房子建得也不错，怎么没有人住呢？"

他说："这是为孩子准备的婚房。"

"哦。你的孩子呢？你的老伴呢？我怎么没有看到？"

"我没有老伴。"

“怎么回事？她不在了吗？”

“不是，我就没成过家。”

“没成过家？为什么？”

“因为穷啊！一家五六口人，挤在一间半当年分的地主的房子里。当中也有一次机会，可人家女方要500元彩礼，我出不起，黄了。后来年纪越来越大，没有人愿意和我成家。我一家全靠共产党养活，没有共产党就没有我这一家人。所以我得好好干，报答共产党！”

“那你现在怎么过的啊？”

“我在老三家过的。老三有三个儿子，过继给我一个，给老二一个，他自已留一个。”

“你老二也没结婚？”

“没有。三弟媳妇对我很照顾，端吃端喝的。老三的二儿子结婚了，侄媳妇对我很好，给我洗衣服，对我很孝顺。我另外两个侄子，大侄子在无锡一家饭店当厨子，三侄子在徐州一家饭店打工。他们还没有成家。给大侄子说了几个，他不同意。他在无锡打工，也就是春节了回来，过两天就走了。我也不知道他怎么想的。三侄子也是。”他慢慢向我讲着，说得平平淡淡，也看不出他有多少忧虑。

我问他现在的收入靠什么。

他说他有五保；还有当组长的补助，一年2000多元；还流转出去一亩地，一年920元；平时村里还给粮，给被，给衣，给钱。

“中秋节给月饼，春节夏书记还给我羊肉、老酒，叫我想吃什么自己去饭店拿，记他的账，他去还。因为他不知道我喜欢吃什么，要是知道他就买过来了。你看，一个人，一辈子，吃共产党的，喝共产党的，用共产党的，连盖房时共产党也补助了2000元钱。我不坚持干，能说得过去吗？”

“你说的话村里有人听、有人信吗？”

他很自信地连连点头，说：“有，有。过去交公粮，我只要一说哪天交，保证三天就完成任务。土地流转时，也有人不大同意。我说土地流转出去，不用担心收种拉打，出去打工，近边就有，远处南京、上海、徐州都是。结果全流转出去了。上级号召环境整治，有些地边拐角，一下子就清除了。”

我一想，他既然能当46年的小组干部，这一点他是肯定能做到的。整个朱条组，大部分姓朱，谁家情况，他还不是了如指掌！

从大门外进来一位年轻的女子，手拿一张塑料布一样的东西。

我问：“这是谁？你二侄媳妇吗？”

他说：“是，来给我贴墙的。”

后面又进来一个上了年纪的女人，她带着一位小女孩，边陪小女孩玩球,边向院子里看。

我说:“你把她们喊进来说说话吧。”

接着我了解到,年纪大的女人就是他老三的媳妇。那个小姑娘大约五六岁,长得很漂亮,也很活泼。朱培胜说她上幼儿园了,一本书能从头背到尾,会从1写到100。他的二侄媳妇叫朱文屏,围着围裙,正在干活。一问,原来她在家做包包,来料加工的那种,做好了送给人家。如果时间能保障,一天能挣100元左右。但朱文屏说时间保证不了,一天干不了那么多。她说她老公在附近厂里当车工,一个月可挣五六千元。朱文屏又说,到了秋季开学了,女儿可上一年级了。一直上到小学毕业,就要去县里上,到县里上然后在县里买房,陪孩子上学。就在这时她突然说,想给孩子改个名,但不好办,太难办了。

我就惊讶了,问:“为什么要改名?”

朱文屏没有回答我。

我又奇怪地问:“她现在叫什么?”

“叫朱梦涵。”

这个名字不是很好吗?

这个时候,朱培胜才向我解释个中原因,有些小复杂,大约如下:

朱文屏,也就是他二侄媳妇,是他抱养过来的。朱文屏的亲生父母在灵璧县那边，朱文屏生下来不到两个月时，被送到睢宁王林这边亲戚家寄养。亲戚接下这个小生命后，也犯了难。朱培胜知道了，就去要求领养，把孩子抱回来了。

孩子要上学了，朱培胜给起名叫朱文屏，这个名字很有诗意。可朱文屏有过一次并不成功的婚姻经历，育有一个女儿，户口簿上为刘姓。婚姻失败后，朱文屏与朱培胜的二侄子重新组建了家庭。现在女儿到了要报名上学的年龄，为了孩子将来着想，就想把女儿的姓改过来姓朱。可是朱文屏说，不好改，实在太麻烦，不知道能不能改过来，想找人帮忙也找不到。朱文屏从小到大只去过县城，一家都是普通农民，认识谁？

我终于明白了是怎么一回事，很是感慨。究竟能不能改姓？我建议他们去找夏永帮忙。

平平淡淡的生活，有时候微风吹起的波澜，也是人们事先无法预料到的。改姓的事，这个小女孩现在一点儿也不明白。她能想到的，就是快快乐乐地玩。就如她骑着三轮儿童自行车，非要朱培胜把两个后轱辘卸掉不可，不卸掉就不答应。朱培胜告诉她如果卸掉了，她骑上了危险，她骑不了。但她不信。最后终于卸掉了，她还真骑不稳。但她很开心，不停地骑，不停地笑。她不知道，她母亲为了给她改一个姓，产生了排遣不掉的忧愁。

第三节　大雪

仝大炮蹲在地上，满头大汗

江南江北雪漫漫，遥知易水寒。
同云深处望三关，断肠山又山。
天可老，海能翻，消除此恨难。
频闻遣使问平安，几时鸾辂还。

——向子湮

朱培臣坐在简易沙发上，他衣着整洁，坐姿端正，面色红润，神清气朗，平静坦然。堂屋的正面墙上，是一幅伟人画像。书条的左上方，摆着一个圆形座钟。门后的角落里，是一架老式缝纫机。桌子上摆放着两只塑料袋，一只塑料袋里装的是药品，一只塑料袋里装的是麦片。

朱培臣说：“我心脏不大好，这药是前几天买的，够吃半年。这麦片是拿奶去换来的。孩子和亲戚来看我，提来那些奶，不管多好，我都喝不惯，就拿到人家小店里换麦片了。麦片好喝。”说完就呵呵地笑了，接着说：“挨过饿、吃过苦的人，都会过日子，都小气。不像现在的年轻人，看他们浪费，吃的东西，上顿没吃完，下顿直接倒掉了，我心疼。新买的衣服没上身，嫌过时了，说扔就扔了！可那又有什么办法呢？他们没有挨过饿，更没有吃过苦，没穿过补丁摞补丁的衣服。”

一旦打开回忆的闸门，朱培臣便滔滔不绝。谁也挡不住那忧伤夹裹着快乐的记忆。

“过了新年，我80岁了。我老伴79岁，比我小一岁。我每天早上起来去散步，走个几公里，回来老伴就把饭盛好了。吃一碗，盛一碗，几十年了没变过。在家里我伸手不提四两，都是她做。像我们这样的老夫老妻，一辈子一直是这样，别的地方也有，少，不多。”

朱培臣一脸的满足和自豪。除了说他老伴崇拜他一辈子之外，又十分得意地说：“我现在知足了，满足了。我是1976年入的党，1978年任的仝海村党支部书记。我知道我在群众中威信很高，我说的话，至今还有人听。那个时候，村里都是泥路、小路，我骑自行车下队，路上不管遇到什么样的村民，我都对他们十分尊重，下车同他们打招呼。别看这是一件小事，在老百姓心里，这可是件大事。你对他尊重了，他才会对你尊重。人要脸树要皮，人活着都是要尊严的。你骑在自行车上和人讲话，背后就会有人说你：‘当个村党支部书记，有什么可以耀武扬威的？不是和村民一个样，一个鼻子两只眼？不还是仝海村的人？’

“我那时当村党支部书记，最难干的是三件事。我虽然个性强，好胜心强，可是面对这三件事，也头疼。

“第一件事是计划生育。不光在仝海，在其他地方也一样，老百姓相信多子多福，生过一个想生两个，尤其是头胎是个女孩，二胎就想生一个男孩。

“第二件事就是向老百姓收统筹款，最多一口人一年平均要上交300多元。小麦收上来了，去交公粮，一家几百斤几千斤的都有。上级规定，到某天某时，必须交齐交清。我就在广播里开会，要求村民按时完成。任务布置下去，老百姓用平车拉，用小车推，排队去交公粮。有时当天交不上，得等一夜，第二天再排队交。实在一下交不齐统筹款的怎么办？就组织人员上门去催。交多少是上级核定好了的，由村里说了算；什么时候给，由村民说了算。一遍不行，两遍；两遍不行，三遍。直到村民不好意思再让人上门催了，工作也就做下来了。绝不允许强行催要。

“村民仝大炮平时敢说话，也不把村组干部放在眼里，照样顶撞。问他要统筹款，他就是不给，嘴里还不干不净的。村里放电影，我就借这个机会点他的名，他还是不服。正好镇里开‘三干会’，我就对他说：‘今天你得上台检讨，仝海村人人都像你，那党的工作还能干吗？今天你不认错，不给个态度，就罚你50元钱。’我是坐在石板上对他说话的。仝大炮也是个要面子的人，听了我这么一说，他蹲在地上，满头大汗。他说他知道错了，回去就交齐统筹款。我说：‘你要早这样不就什么事也没有了？牵着不走，打着倒退。大红缎子不要，要麦青！那你回去准备吧，50元罚款也不罚你了。’

“我最讨厌的第三件事就是各种形式主义的检查。形式主义的检查都是查表面的，隐蔽的地方不去查。比如种小麦，早一天晚一天有什么分别？都在季节之内，老百姓自己不知道种粮食？他们比你来检查的人更清楚。秋播的时间离离拉拉有一个月，因为特殊原因晚种了一天半天，不会有什么影响。

“我一生信的是，做人要走得正、坐得直，这才配是一个人。当了二三十年村组干部，你问我占没占集体便宜？我相信没有人背后会说我占过集体便宜。

“那时我经常带村组干部去乡里开会，开过会乡里如果管饭，大家就吃；如果不管饭，只要我在，绝不带人去下馆子，回自家吃。你去下馆子，喝得满脸通红，那喝的是仝海老百姓的钱，又不是自己掏的腰包，老百姓看见了能不在背后骂你？有时实在需要在会议期间吃饭，也是现金结账，绝不打欠条。吃喝打一大堆白条的现象，在仝海村根本没有。这种饭吃不得，吃多了就出事，把老百姓的感情吃没了。

“我说过，挨过饿、吃过苦的人都会过日子，我就是。我知道挨饿是什么滋味，我知道没有粮食吃是什么滋味。所以，我有了50元闲钱就存50，有了100元就存100。吃得不怎么讲究，吃孬吃好，吃饱就行。关起门来在家里吃，吃得再差，别人也看不见。我当村党支部书记时，村小学的桌椅板凳，都是孩子从家里拿来的，五花八门，什么样的都有，要不就是用砖头支起来的。我觉得这个必须改变，就伐了村集体的杨树，为村小学做了桌椅板凳，当时叫解决学校‘三无’困难。这在当时可是一件大事，县里专门为这件事表扬了我，说我真心关心下一代教育。其实呢，我是心疼孩子，看不下去。我是个村党支部书记，村里又有杨树可伐，就决定这样干了！

“我是老师出身，在村小学还是一名副职负责人，经常代表学校出去开会学习。后来村里的老书记相中了我，向乡里提出来说我有领导能力，有组织能力，把我要到大队去干民兵营长。就这样，我教了6年书，后改行当了村干部。我1960年应征入伍，1966年才复员回乡，也是6年。当了村干部，很快就入了党，宣过誓，从此就成了共产党员，觉得不能像以前那样要求自己了。我觉得我有能力当村党支部书记，能干好村党支部书记。我也不知道哪里来的这个自信，就朝这个目标去努力，后来果然就被选上了村党支部书记。直到我退休了，有一次县人大常委会主任下来检查工作，他认识我，还朝我竖起大拇指，送我四个字：一身正气！正不正气，反正我一辈子没孬过，公家的、私人的便宜都没占过。

“我带人去扒过河，就是干水利工程，都是在立冬之后，扒河年年有，不在三九就四九。吃的是白薯稀饭、白薯馍，真是离开白薯不能活。吃的都是菜，哪有肉？都是白菜萝卜。这样艰苦，党员干部和老百姓也没有任何怨言，在工地上连白天加晚上地干。一说干活，一喝号，大伙劲头就上来了，嗷嗷叫地一齐上。全村30多名党员，哪一个也不许落在群众后面啊！你党员落在群众后面，还叫什么党员？天再冷，架不住大家热情高。我在任时，发展了十几个新党员，都是表现积极的、优秀的。

“仝海村有邱、朱、王三大姓，仝姓反而是小姓。但大家亲邻之间非常团结友爱，没有任何矛盾，这个好，不容易。大家齐心，想把日子过得好。要过好日子，首先得吃饱，得有粮食吃。没有粮食吃，整天吃不饱，什么事都别说。共产党员带领群众干，连肚子都吃不饱，连粮食都吃不上，还有底气说是共产党员吗？仝海种水稻，没有电，用柴油机抽水栽水稻，只能栽个两三百亩，多了栽不了。我通过努力，找领导找关系，把电通到仝海村，建了电灌站，保证了用水，水稻面积扩大到四五百亩。现在那个电灌站还在用，设备更新了。后来全村电灌站有四个，水稻早扩大到四五千亩了，那是人家夏永书记干的。夏永能干，我极力支持他。他干得好，我为什么不支持？过去村里办点事，没有钱，要四处筹钱；现在村里富了，有钱用了，还有什么话说？个人要有尊严，村集体更要有尊严，那是一个仝海村子的尊严，是全体老百姓的尊严。夏永，没说的。

“我大儿子是从军校毕业的，干到副团级转业到地方，在金华市环保局工作。二儿子从睢宁高中毕业后，组织上安排他当大队会计，干了十年，后来去苏州一家电子厂打工，还当会计。二儿媳妇在县城里带女儿上学。我老伴在我进大队当民兵营长时，顶了我的班，在仝海村小学当老师，如今也退休了，一个月有6000多元退休金，算是对我弃教从政的补偿，也是我的幸运。我现在每月有680元的当村干部补助，当兵6年每月有400多元补助，加起来1000多元。

“你问我如何当的兵？我那时读的是农中，毕业后当了生产队会计。征兵开始时，我就想去当兵，报效国家。当了6年兵，又回到仝海村，那是1966年。

“我跟定了共产党，走了一条正确的人生道路，走得正，站得直，仝海村发展到了今天，其中有我付出的心血啊！你把老百姓的事干好了，老百姓就会记住你。我心里有他们，他们心中自然会有我。我在任时，老实忠厚的我都是保护他们的。对那些想占便宜的，我一点也不让。我对他们说，我批评你，是为了你今后好。你怎么对我，我也不会记你的仇。大家一个村子里住着，还是好邻居。所以他们对我也不记仇，也相信我的话。那不是我的话，那是党叫我说的话。

“说一下我的工作经验吧。我想我最会做的工作，就是群众的思想工作。我从来不去强求老百姓做什么，我只是靠讲道理，把事情说清楚，叫他们知道，不这样做会是什么样子。大伙都这样做了，个别人不去做，就是对大家的不公平，就是瞧不起亲邻。村组干部去做群众工作时，我在村里不上门。如果他们做不下来群众工作，向我说明是什么原因，这个时候我就出马了，我去做。我讲的是乡亲情感，共产党干事是为了自己吗？我这张脸值不值钱？值钱了你就得给，不值了你得服理。服什么理？老百姓都明白的道理。做得好的，我会在村广播里点名道姓地表扬，一表扬大家的积极性就会更高；做得不好的、有错的，我也会在广播里点名道姓地批评。无论是夸，还是批，都得讲村情，讲民情，讲党情，这就是理。一个不讲理的人，在村里还会有立足之地吗？门面还有光彩吗？很多好事没干好，是因为你没掌握好火候，没把握准。把好事做实，就得了解情况，知道一家一户，什么样的人有什么样的脾气，在村里有什么样的社会关系和群众基础。所以，怎么做好群众的思想工作，是我当书记时最大的体会，而且从来没有做不好的。人的精神力量和浑身的肌肉一样，是一点一点增长的，来不得虚胖和肥油。虚胖和肥油多了，就没有力量了。我从来不说空话，不做假事，不忽悠群众。为群众办事，不是为群众演戏，就得实打实地干好。”

我突然觉得，老书记朱培臣说的这些话，就是生长在仝海村的稻子。它成熟时，沉甸甸的、金灿灿的，汇成一片溪流，流进大海，涌起金色的波浪……

第四节　冬至

她在我面前无声地哭泣

天时人事日相催，冬至阳生春又来。

刺绣五纹添弱线，吹葭六琯动浮灰。

岸容待腊将舒柳，山意冲寒欲放梅。

云物不殊乡国异，教儿且覆掌中杯。

——杜甫

她在我面前突然不说话了。再仔细一看，她低着头在默默地哭泣，顿时叫我手足无措。我不知道该怎么劝她，好像我做错了什么。其实我什么也没有做，我只是和她聊了聊乡村基层干部常有的话题。“这么多年一路走下来，真的不容易。听说你去年退了下来，又被夏永书记挽留了。现在是在继续为仝海村群众服务吗？”

就是这最后一句，可能我无心问错了，她就突然不再回答我，把头低下了。想想我问她的话，想想刚才的她还满脸笑容，就知道也许最后那一问，触及了她内心最敏感、最柔弱的那一部分。那是什么样的一部分？我肯定是无法知道的。我现在能做的就是什么话也不说了，等待她恢复平静。

她叫邱玲，今年58岁了。1997年开始担任仝海村的妇联主任。2013年至2014年还兼任过村现金会计。2013年成为计划生育专干。2017年被推举为县政协委员。2020年村“两委”换届选举，她到了退休年龄，不再被列入“两委”班子候选人。本来到此她应该告老还家，安享晚年的快乐生活，但村党支部书记夏永把她留了下来。夏永说：“你留下来继续为仝海父老乡亲做些事吧。”邱玲想了想，也就答应了。她对自己在村里的这份工作很留恋。这也是人之常情，在这个岗位上奋斗了几十年，把曾经的青春都洒在了激情岁月，放在谁的身上，谁都会留恋。但邱玲的留恋肯定与别人的不同。

邱玲为什么在这个时候哭泣呢？令人费解。

我不敢继续追问，我只能等待邱玲自己述说。

邱玲是一位平凡的农村妇女，朴素得像土地里生长的一株庄稼，放在集群里无法显示出她的与众不同。其实任何一种庄稼，比如稻子，株与株之间都有不同之处。

我第一次去仝海，坐在张延威的车上，他说路上要带一位阿姨，是仝海的邱主任，在前面大桥处等着。到了跟前，她与张延威和我打了个招呼，就安静地坐在车后面，到了仝海下车了，也未听她说过一句话。至于是什么主任，张延威没说，我也就没问。总之，看上去，她是一个普通的仝海人。

过了一会儿，邱玲止住了眼泪，逐渐平静下来。她说："不好意思。"

我说："没事。"

她说："在仝海干了一辈子，想起来以前干的工作还出过错，心里就挺难过。现在到了退休的年龄，如果不是夏永书记挽留，我空身就回家了，什么也没有，什么也没有留下。"

我明白了，她是因为这个而伤心。

是的，她在村里，用尽了自己的青春、热情及精力，农村人会说，没有功劳还有苦劳。但当她退休回家，真的是一无补助、二无退休金的。而她的年龄已高，已失去了重新创造的力量与激情，的的确确是两手空空回家去的，这肯定会让她伤感。我不能要求她有多么高的无私奉献的境界，因为她也要生存，也要穿衣吃饭。可她面临的问题，村里无法解决，镇里也无法解决，一无政策，二无渠道。说白了，还是因为农村集体并不富裕。如果村集体有钱了，把一个为了集体事业、为了村民群众服务一生的村干部养起来还算是一件事吗？现在做不到。尽管仝海开始富了，有点钱了，可仍然做不到。但邱玲也绝对不仅仅因为这个伤心。她更多的是因为曾经的不完美而伤心。如若工作可以重做，她绝不会重走老路。但，这个谁能做到呢？那些为曾经的失误而流下的泪水，也许是一种心灵上的安慰吧！

邱玲说从她1997年参加村里工作，到2008年间，就没有拿过什么工资。不是她一个人是这样，村“两委”的同志，包括村支书也是这样。村里没有钱，谁来发你的工资？上面又没有拨款，只是在一年两个节日里领过慰问品——中秋节和春节。2008年到2012年每月领了300元工资，2013年到2018年每月领了600元工资，2019年每月领了1600元工资，2020年每月领了2100元工资。现在2021年了，村副职工资涨到每月2400元了。村干部的工资是年年涨，可再怎么涨，她也已经到了一分也领不到的年龄了。

我说："时代不同了，如果你晚生30年呢，你也会在正年轻的时候，赶上今天的新农村、新时代。可是今天是从你们的昨天走过来的，今天的一切成就里，有你曾经的付出和奉献。现在的一切，你都看到了，而且还生活在其中，这一点，就值得你高兴和欣慰的了。当初你们一班人，不就是为了争取今天的成就而默默奋斗的吗？"

邱玲笑起来，点点头，然后说："是的，20多年的青春献给党了，献给这片土地了。可是，就算夏书记挽留我，我又能干几天？"

我说："不能这么想！谁都有干不动的那一天，谁都有离开脚下土地的时候。今天能干，就很知足了，还有像你这个年龄，什么也干不了的呢！"

邱玲笑得更加开朗了，说："是的啊，是的啊！"她说："告诉你一件事吧。村里有人和对方说话，人家不信，他就会说，不信你去问问邱玲邱主任，她是最不会说谎话的人，你问她我说的是不是真的。"

我笑了，说："这个评价是金钱买不来的！"

她说："我家里那一口子，也是出了名的老实人。他支持我工作，说：'为前后庄的左邻右舍、父老乡亲服务，好好干呗。有我支持，没有工资也饿不着，家里大小事由我揽着！'

真的很感谢他。我有一儿一女两个孩子，女儿出嫁了，她在常熟、张家港和太仓三个地方开了三家服装店。”

这吓了我一跳，我说：“你女儿这么厉害！你退休回家了，可以去给女儿看店了！”

邱玲还是笑，说：“我去过，她店里的活我干不了。我的腰腿都不行，老了，有毛病。”

“那么儿子呢？”

“儿子在一家大型企业做电焊，一个月保底工资是7000元。”

“这个在本地是高工资啊！”

“我丈夫在仝海米厂打工，夏永书记十分关心他，担心他对工资不满意，就逐渐给他增加。米厂是村里的，经营好了是大家的光荣。从一个月2000元，涨到3000元，从3000元又涨到3500元。他说只要夏书记在，他就不走人。”

我说：“这就是仝海发展了，睢宁发展了，中国发展了，给你一家带来的幸福啊！”

邱玲说：“那是，那是，如果不发展，想也想不到啊！”

邱玲无疑是一位善良的女性，也是一位认真细致的村干部。她记得她小时候，在村里遇到一位要饭的老太太，她居然跑回家里去，偷偷把煎饼带出来送给老太太吃。她记得她当村干部时，去慰问困难户、五保户，买米、买面、买油，有时不小心出了差错，也不知是在什么环节出现了差错，她就默默地掏钱垫上。虽然不多，五十一百的，但为集体办事，为百姓服务，一分钱差错也不准出！出了就要自己主动负责，不必要让人说。那是对村民的一颗爱心，是一名村干部的责任。

她说有一次骑车去县城买鸡药，半路上遇到一位残疾人，走路特别慢，一步一挪，双臂后张，仰面朝天。她从县里买好药，急急地返回来，特地买了两元钱的油条，希望在回来的路上，还会遇到这位残疾人，把油条送给他吃。可惜她再也没有遇到。她认为这个人可能后来不在人世了，心里就很纠结，埋怨自己，当初不如先给他两元钱，自己再去县城买鸡药啊！

可是后来，有人告诉邱玲，这位残疾人现在也没死，还活着。他家里的楼房，比一般人盖的还好！这令邱玲很满意，还惊奇地问人家是真的假的。她说："我后来又想，不管怎么样，他过得好不是一件好事吗？"

第五节　小寒

要处分就处分我，不要追究他，他不容易

结束晨妆破小寒，跨鞍聊得散疲顽。

行冲薄薄轻轻雾，看放重重叠叠山。

碧穗炊烟当树直，绿纹溪水趁桥弯。

清禽百啭似迎客，正在有情无思间。

——范成大

王翠现在的身份是仝海村委会副主任兼会计，是在2020年村“两委”换届时刚刚被选上的副主任。

问：“为什么选你当副主任？”

回答：“村会计是副职待遇，而村委会副主任可享受主职待遇。”

又问：“听说你不愿意接任仝海村党支部书记？”

回答：“不是现在不愿意接任仝海村党支部书记，早在去年组织上找我谈话，我就不同意。如果我想接任村党支部书记，早就宣布了。”

哦，很奇怪的一个人。负责村党建学习和村民劳动保险协理员工作的张延威背地里曾对我说，王翠当村党支部书记，现在是最佳时候，天时、地利、人和全占。在群众测评中她得票最高。在“两委”征询意见中，大家一致全力支持拥护她。而她刚刚迈入四十岁的年龄，正是为民为党服务的最佳时候。她不接任村党支部书记，夏永也做不下来她的工作。

我说：“不征求她本人意见，直接宣布呢？”

张延威笑了：“听说她就给了一句话：‘那我连村会计一职也辞了。’”

态度果然不是一般地坚决。很多人莫名其妙，不明白王翠是怎么回事。如果她接任了仝海村党支部书记，那么她就是邱集镇唯一的女村支书。在外人的眼里，王翠应该是没有理由不接任的。

没有理由不接任的结果是，王翠就是不松口。她给出的理由十分简单，也很充分：自己能力不够，肩膀太窄，担不起这么重的一份责任。“我没有能力把夏永书记在仝海创造的台阶再提升一步！”

1979年出生的王翠脸上总是笑眯眯的，极少看到她十分严肃的面孔。她的那种笑容是真诚的、和善的、柔软的。她的笑像水，可浇灭对方心头的燥火；她的笑又像火，可以把对方寂冷的心温暖起来。她的笑容就是如此这般地在仝海父老乡亲中间传播开来。

许多人很奇怪，为什么王翠很少穿裙子，几乎不穿大衣。在春天到来时，她上身穿一件短款黑色棉袄，内着一件毛线衣，一条普通的裤子，脚上套一双司空见惯的旅游鞋，感觉很轻便。她说：“我的工作在仝海，每天同乡亲们打交道，如果穿得像城里女人那样时尚，担心会拉大与群众的距离。同时工作起来，下队入户，也不方便。这不是钱的问题，而是态度和意识问题。我丈夫做的是农民电商，过去有自己的家具厂，自从我当了村干部，没有时间帮助他打理，这个家具厂就不开了，改从别人那里拿货，在网上销售。他很理解我，从来不干扰我的工作，尽量减少我在家里的负担。我自己也有一份工资，穿得简单朴素一些，不是因为缺钱，而是工作需要。”

王翠的娘家和婆家都在仝海村。在当村干部之前，她和丈夫都在南方吴江打工。这一打工就是8年。她从普通员工干起，当上了小组长，手下管理20多位职工。老板每到年底，都给她发一个不错的大红包，她很满意。按她自己的设想，两口子就这么在南方一直打工下去，买房买车，带孩子上学，组建一个幸福美满的家庭。但是，情况是变化的。儿子到了上小学的年龄，公公突然感到身体不适，担心有令人害怕的疾病。于是王翠夫妇俩只好回到老家仝海。

宝贝儿子顺利上了仝海小学，而公公的病情却越来越严重。公公是村会计，那个时候，都不能做业务了。可村里的事情不能耽误啊！有人建议让王翠接手，但夏永心里有些顾虑，她真的能行吗？可总得有人干啊。于是夏永仍然鼓励她说：“你先帮助做一下吧。”

王翠说：“我能行吗？”

夏永说：“怎么不行？你一个高中生，在外打工8年，还当上了小组长。记个账这个事，你只要用心，怎么不能做？”

王翠就在夏永的支持下，把公公的会计业务接了下来。

2011年5月，夏永书记感觉到王翠是一位让人放心的村会计。她认真负责，热诚细致。于是，王翠正式进了村委会，成了一名村干部。这一年的8月，得了脑梗的公公去世了，王翠正式成为仝海村的会计。她接手时村里只有老村部，前后就几间房子，很破旧。王翠说，账面上的那点钱，村里根本不敢花，花完了村部还开不开门了？

王翠说："仝海村部是从省委帮扶工作队进驻之后开始变化的。老百姓称他们为省扶贫队。他们为仝海村建了10幢养猪场、18幢养羊场，帮扶资金90万元，建了一个新村部大楼，就是现在的东楼。夏永书记借助这次机会，乘上了这股东风。他把每幢年租金3万元的养猪场租了出去，年收入就是30万元；他把每幢年租金5000元的养羊场也租了出去，年收入9万元；他把村部大楼的一楼也租了出去，年收入4万元。"王翠从心里佩服他们的书记有能力，有魄力，有胆量，会算账。

王翠说："建设新村部还有许多故事，并非一帆风顺。那都是夏永书记经历的，你可以去采访他，他会告诉你的。不过，有些也许不会告诉你。"

王翠说她进了村部工作后，夏永书记有意识培养她、锻炼她，创造机会让她经风雨、见世面，练出独当一面的工作能力。农村工作，面对千家万户，各种情况都有，突发事件说不准何时发生。这就要求要有工作经验，要有经验判断，要对党和政府的农村政策把握准确，才能在复杂的情况下，有清晰的工作思路，找到准确的路径。作为党培养的积极分子，就要有担当和自觉。

这一天终于来了，2016年，在纪念建党95周年的日子里，王翠作为全县20名优秀新党员之一，在县委组织部的安排下，举行了入党宣誓仪式。举起自己拳头的时候，王翠激动万分。从宣誓这一刻起，她就是一名共产党员了，就应该为仝海的发展做出更大的贡献。

是的，要么不干，要么就全心全意干好！她清楚，仝海村户籍人口3229人，1014户，5137亩耕地栽了4800亩水稻。这4800亩水稻中，流转出来的土地有3000亩，分别由种植大户承包去了，最多的承包了500亩。水稻，是仝海发展的重中之重，仝海以水稻发家，也因水稻而闻名遐迩。作为村会计，她主要的职责就是为全村的父老乡亲服务，为这片土地服务。为了尽快熟悉并精通业务，她向附近村的老会计求教，向镇经管站、财政所、民政部门的老师们学习。她知道自己是邱集镇的第一个女村会计，她必须掌握好业务知识，成为一名上级与村民信得过的会计！ 2018年，她报名参加了由县委组织部组织的农村干部培训班，接受徐州市农业干部学校的函授学习。她觉得她就像脚下的仝海土地上的一株水稻，需要吸收大量的水分、营养，成长为一株丰满的稻子，才能回报家乡父老乡亲的信任和组织上的培养。因为她是仝海村93名党员中的一员，她要奋力融入这个先进集体，并做出自己应有的贡献。她把自己当成了仝海土地上的一株稻子。

对接帮扶的江阴长江村的领导，带领一队大学生来到仝海村考察体验，让这些大学生和仝海村的人一块下地栽水稻。借助长江村的帮扶，打出仝海大米的优质品牌，这是一次难得的交流学习机会。王翠负责长江村一行在仝海村的后勤保障工作。她细致地安排好每一个生活环节，同时边服务边向长江村人学习，学习他们的理念，学习他们的精神。而在这当中，她看到了夏永书记是以火一样的情怀和长江村人交心互动的。他把仝海大米的发展前景做了详细的汇报，赢得了长江村人的赞赏和支持。他们吃了仝海大米，赞不绝口，说仝海大米闻着就香，吃起来更香，应该大力发展，市场前景十分广阔。王翠为仝海感到骄傲。她深切地感受到，现在人们不再生活在夏永恩师赵万才那个缺粮的饥饿年代，他们要求的不再是吃得饱，而是要吃得好、吃得香。仝海生产的大米正符合了当下长江村人的要求。王翠为自己的土地上生产出来这样优质的中国粮食而骄傲。粮食生产是一个前途无限的产业，是可以振兴仝海的产业，是仝海永恒不衰的产业，是保障人民生命健康的绿色产业！她为自己能参与这项事业而心生自豪。

感谢水稻，感谢大米！

感谢仝海粮食的香气！

就在这时，传来一条好消息：他们仝海村的党支部书记夏永，因优秀的表现和对党和人民的忠诚，将拟提拔为邱集镇副镇长。

仝海村为自己有这么一位带头人、领路人而高兴。王翠当然更是感觉到这是组织对夏永的信任和期望。

提拔前的财务审计如常进行，上级派来了工作组，王翠作为村会计，当然是全力配合，来不得半点马虎。

一本一本的账册搬出来。

一张一张的报销凭证拿出来。

可是，前来审计财务的同志对某些支出产生了疑问。他们认为有的列支不合规，让人产生怀疑。

这让王翠一愣。在这个时候出现了这些问题，会不会影响夏永的提拔重用？

王翠说："这是我业务上的错误，责任在我，与夏永无关。要处理就处理我。"

办事人员说："你可要想清楚，你是要承担责任的，处分你，你就干不成了。"

王翠说："我干成干不成无所谓，但夏书记不能受影响。他努力到今天不容易。何况，仝海人需要他！"

“他又怎么不容易了？”

王翠说：“有人只看到他现在很风光，马上又被提拔重用了，没有看到他为仝海事业的付出。如果他把集体的钱装进腰包了，那处理他谁也没意见。实际上他把自己腰包的钱，掏出来花在集体事业上了。村里没有钱时，为了老百姓的事，谁见过他四处去求借？建村米厂时，谁见过他低声下气去筹款？陪同客商领导来考察时，谁见过他跑前跑后细心陪护？这些，我亲眼见到了。我理解他，我尊敬他，我把他当成做人做事的榜样。所以，这些看似不合规的列支，是我业务处理上造成的，我承担！”

听者一时默默无语。但后来还是说这账面上的业务，必须合规合理，干干净净。

王翠说：“我来纠正吧。”

夏永任邱集镇副镇长后，仝海村党支部书记一时还得兼着，还没有找到合适的人来接替。他心中惦记如何把仝海村老百姓的双手从土地上解放出来，更快地富裕起来。毕竟一人一亩多耕地，是不可能满足大家对日益增长的物质生活的追求的。农民必须富，也不能光靠一条腿走路，要用两条腿奔跑，用两只手抓牢。他坚定地推行土地流转，做活土地上的文章。他计算了一下，土地流转，一年一亩地土地租金的补贴是属于户主的，水稻补贴属于种稻人。外出去远地打工创业的不说了，在家的人，农忙季节，比如在水稻插秧时，前后不足一个月的时间内，打短工的人一天300元，最多可以挣一万元，最少也有大几千元。农闲时间，村民在附近打短工，一天也有两三百元的收入，在春节前后，每天收入更多。这对仝海的村民来说，是有利的。

王翠当然知道夏永的想法，作为助手，她全力保障推进这项工作，必须由她来做的工作，总是准确及时，清清楚楚。村民们看到了，党员们看到了，上级领导也看到了，夏永更是看到了。夏永想，自己到了镇里工作，没有时间像过去那样，一整天接一整天地泡在仝海的事务中。是时候把仝海村的这副担子，交给另外的人挑了。交给谁呢？王翠是他一手带出来的。这不就是一个现成的仝海村党支部书记的人选吗？于是，夏永向她征求意见，镇领导向她征求意见，甚至县委组织部也来人与她谈话。她思考了很久，还是认为她不具备挑这副担子的能力。许多人为此深感遗憾。

镇委书记彭亮说："最近考虑把你由副转正。"

王翠说："彭书记呀，我的能力真的不够。有夏镇长在前面带着挡着，我怎么干都可以，保证一点力也不藏。叫我来接替他，不行呀，不够资格，干不了。"

有人问她："你现在不是一样也没少干吗？"

她说："那是不一样的，肩上的责任不一样！"

“不是说叫你先接下来干着再说吗？”

“那怎么行？等干不好再下来，一是耽误了全海发展，二是对不起父老乡亲，三是对我个人也不负责任。”

现在，几乎所有的人，对王翠接任全海村党支部书记不抱多大的希望了。除非有奇迹发生！

王翠现在依然满脸笑容。每天早上6点起床做早饭，送小孩去上学，然后8点就来到村部，细心处理自己手中的业务。11点半下班回家，做完家务，下午2点就赶回到村部。有时任务紧，她得加班，那么洗衣服、做饭、送孩子上学，就是她丈夫杨昌辉的事了。杨昌辉对此毫无怨言。说到她的两个孩子，她一脸灿烂的笑容，说大儿子去年考上了大学，二儿子很快就要上初中了，而且学习成绩很好。看到妈妈很忙时，从来都是自己安心地做作业，不去打扰妈妈。

我在想，王翠是可以胜任全海村党支部书记的。什么时候，她会觉得自己有力量可以承担起这一重任呢？

第六节　大寒

嘟嘟嘟，王礼随的手机响了

大寒雪未消，闭户不能出。
可怜切云冠，局此容膝室。
吾车适已悬，吾驭久罢叱。
拂尘取一编，相对辄终日。
亡羊戒多岐，学道当致一。
信能宗阙里，百氏端可黜。
为山傥勿休，会见高崒嵂。
颓龄虽已迫，孺子有美质。

——陆游

嘟嘟嘟，王礼随的手机响了。是夏永的号码，于是王礼随赶忙接听。

“你在哪儿了？”

“是夏书记啊，我在遵义了。”

“你在那里干什么？”

“我在五舅的工地上帮忙啊。有什么事你说吧。”

“我想叫你回到仝海村来看看。”

“有什么看的，不还是那些人、那些地吗？”

“你回来就知道了，家里正在起变化。”

“好的，我知道了。抽出时间我回去一趟！”

夏永书记打电话要求王礼随回仝海一趟，肯定有他的想法。仝海在奋起发展的势头上，村里需要能干事的人，而王礼随是一个合适的人选。可惜他长年在外打工，很少回到家乡，也似乎没有回来的意思。夏永就动了念头，打电话了解一下，劝说他回来一趟看看。

今年59岁的王礼随，1980年初中毕业后就回了家，1981年开始进入社会，在当时的王朱大队当青年书记，还兼任东王组的小组长。但只是一年时间，他就去新疆打工了。

他投奔的对象是他五舅汤老板，在新疆鄯善县做工程，在当地有点小名气，叫“汤百万”。汤老板就让王礼随做了个小工头，带一二十人干活。

中秋节的前一天，他跟随五舅去一处工地处理业务，天晚了，回不到原住地，就在当地休息了。但王礼随心生不安。他自从带人在工地上干活后，没有一天晚上是在外面过夜的。等到天亮他回到自己的工地，发现真的出事了——26桶苹果色油漆、8吨钢管及其他价值12万元的材料被一扫而空，连一个人影也见不到了。他立即与五舅联系，并向公安机关报了案。

这是一笔不小的损失，还能追得回来吗？王礼随心里充满了不安。他们会把东西偷到哪里去？偷东西的人又是什么地方的人？王礼随在工地上寻找线索，巧了，他在工人遗弃的废物中发现了一个信封，上面有详细地址。他把这一线索交给五舅，然后就回老家去了。

半年后，他五舅给他打电话说，被偷的东西追回来了，对方赔了钱，基本上没有什么损失，只是贴了路费什么的。然后又告诉他，人在遵义了，有大工程可做，要王礼随赶到遵义去与他见面，在遵义挣大钱。王礼随自然高兴，立马动身，坐绿皮火车赶到了遵义。

实际上王礼随也是不得不走。他在回家这段时间里，也去过灵璧、宿迁和县城里打过零工，但收入并不理想。不干吧，天上又不能直接掉个馅饼；继续在家干吧，好的活路真的不多。所以，王礼随只身带上500元钱，盘算够来回的路费，就直奔遵义了。

王礼随坐了一夜火车，下车出了车站，就直奔电话亭找电话打给他五舅。五舅亲自带两个人来接他。王礼随看那两个人一身笔挺的西服，领带优雅，皮鞋锃亮，仪表堂堂，相貌不凡，感觉五舅果然是个大老板。接到王礼随后就是给他接风，吃饭喝酒叙旧，安排住宿，一夜无话。第二天就带领王礼随去看工地。工地正在开发，到处热火朝天，车来人往。王礼随越看越惊讶，惊讶之余又心生怀疑：一连四天看工地，这些工地难道真都是五舅的？他真有那么大的能耐？那两个西服领带的随从，越看越不像干活的，像是传说中搞传销的人。我是不是落到传销窝里去了？怀疑归怀疑，他也不敢贸然询问，毕竟那是他的亲舅。到了第五天，又是喝酒吃饭时间，也许是酒壮英雄胆，王礼随忍不住把怀疑说了出来。

“五舅，我怎么看你干的不是工程，像是在搞传销啊？你要是搞传销，我可不干，我就回去了。”

他五舅实话实说了，他直呼王礼随小名说：“这不叫搞传销，叫商业工程。你看他们两个，身上穿的这衣服怎么样？一身西服，加牛皮裤带、牛皮鞋，一身才260元。我们卖的就是这个，卖一身就有提成，卖得越多，提成越多。大家发的就是这个财，发大财。”

然后他五舅就开始给王礼随讲解销售模式，教他如何发展三个下家，每一个下家又如何各自再发展三个下家，最终会发展到什么样子，一年会挣多少钱。说得王礼随热血上涌，似乎那些唰唰响的票子正在向他飞来，他不用弯腰就可以拾起来了。他决定暂时不走，也许真的可以发大财呢？一身西服从头到脚，才卖260元钱，又不贵；找三个下家，我连三个亲朋好友还找不到吗？

他想起了他的一位朋友，他对是不是传销肯定懂。于是，他给这位叫程亮（化名）的朋友打了电话，如此这般把情况一说，问这会不会是传销。程亮答说，人来去自由，不太像，要不，他明天亲自来看一趟。王礼随这位叫程亮的朋友真够哥们义气，当天夜里坐车，天一亮就赶到了遵义，与王礼随会合后，就开始研究这个“260元一身西服”的销售模式。程亮说这叫直销，可以放心地大干一场。汤老板又带着程亮转悠了四天，组织召开了一次销售会议，参加会议的有100多人。

在这会议之后，程亮和王礼随开始实施“260”发财计划，他们干了有4个月，王礼随发现他们的总头目不是五舅汤老板，而是一位湖北人。算一算这几个月，他不但没有挣到钱，反而贴进去一万多元。于是就对程亮说，他不干了，他要回仝海去，夏永书记早就要求他回去了。程亮迟疑了一下，说要不就回吧。至于程亮是挣了钱还是赔了钱，王礼随也没有问。两个人就告别了遵义，回到了老家。

回到仝海的王礼随并没有立即与夏永书记会面，他还在忙于自己的发财梦想。有人劝说他买车拉水泥，一趟可拉20多吨，一吨可挣50元。看样子很不错，全村已经有8户人家买车拉水泥了。王礼随一听，觉得很划算，筹集了12万元买了一辆拉水泥的货车。可是他也只干了一个多月，说什么也不干了。原因是在他干的这一个月里，他的车被路政执法人员查到了三次。

王礼随这一个月拉了30趟水泥，被查到了三次，平均十天被查到一次，王礼随就认为这个活他干不了。而且，当中还出了一遭车祸。拉水泥的车翻到了路边的河里，虽然王礼随在翻车的刹那从车窗里飞了出去，但也落到了水底，车上的水泥直接砸在了他身上。同行的车友以为王礼随这次必死无疑，在河边悲伤欲绝，不知如何是好，无从下手。过了几分钟，王礼随突然从水底猛地一下露出水面，刚一露出水面，又急速地沉到水下。众人连呼喊都未来得及，人又不见了。这时大家顾不了许多，跳下水去寻找王礼随，终于把他从水下拉了出来，直接送到医院抢救，这才挽救了他的一条生命。

这还不算,更加倒霉的是,他的车在县城东环岛附近,因刹车失灵,与一辆货车相撞了。货车被撞后,又撞倒了前面的一个小孩,小孩被立即送到医院抢救。当巨额医疗费出来之后,王礼随惊呆了,因为小孩的腿伤得并没有那么严重。但他说不严重有用吗?对方要求赔偿15万元私了,王礼随不答应。官司打到了法院,王礼随也聘请了律师。律师看完他的材料说:“老王啊,你就认栽了吧!这官司你打不赢!”

结果,王礼随官司赔了13万元。

这车还怎么开?卖了吧。落下一身几十万元的债务,慢慢地想办法还吧。

王礼随承包了90亩土地,为镇农业公司培育制种水稻。他想通过在土地上的奋斗,来扭转自家的困局。然而也许流年不利,正当水稻扬花的季节,遇到了六七十年一遇的阴雨天,雄的开花了,雌的不开,授不了粉。90多亩育种稻仅仅收了1000多斤,赔进去8万多元(赔钱的还有夏永)。那个时候的8万多元,足够在县城里买一处住房了。

时间来到了2010年秋天。夏永书记又一次找到王礼随谈话。他说,你这几年折腾得也够了,还是收下心,回到村部里为老百姓安心干点事吧。你的家庭情况也会一天天好起来的。把集体的事业搞起来了,你的家庭也会被带动起来,会转变的。王礼随想了想也认了。是的,依他执拗的性格,冻死迎风站,饿死不做贼,不适合在市场经济里闹腾,只适合和父老乡亲在土地上找奔头。

王朱村并入仝海村,村里举行换届选举,王礼随被推选为仝海村村委会主任。既然干了,就要全心全意干好。用他自己的话说:“夏永书记负责出嘴(谋划),我负责出腿(落实),是个名副其实的王礼随。”他们俩想得最多的是如何让贫困的仝海村尽快脱贫,让老百姓的日子一天天好起来,有希望,有奔头。

很快,省委帮扶经济薄弱村工作队进驻了仝海村。天赐良机,仝海划时代的一页开始掀开。在帮扶工作队的牵线搭桥下,仝海村与著名的集体富裕村江阴长江村结成了帮扶对口村。

仝海里程碑式的发展,从这时开始。

江阴长江村隶属于江阴市夏港街道,位于夏港镇东,与江阴城区接壤。全村总面积6.5平方公里,总人口4445人,1167户,27个村民小组。是江阴市新农村建设典型,全国经济十强村,全国新农村建设示范村,下属的新长江集团跻身全国民营企业五百强列第13位。强大的经济实力让长江村每年都给村民派放各种福利:每户出资10万元可分配一套400平方米的别墅;送股份,每人每年可分红5000元;送现金，每人10万元；每人送黄金、白银各100克；水电费全免。全村经济总量突破500亿元，村民人均年收入超过8万元。长江村老百姓富裕才是真正的富裕。

长江村是在老书记李良宝的带领下发展起来的。进入2010年，长江村领导人敏锐把握全球经济发展动向，有胆有识地迈出“走出长江，走向世界”的关键一步，凭借多年的资本、技术、人才优势，来到浙江舟山投资60多亿元，建起占地4300亩、拥有5000米黄金海岸线的舟山长宏国际产业园。村党委书记、江苏新长江集团董事长李洪耀说：“打造千亿集团，百年企业，推进经济高质量发展，真正实现村强民富。要让老百姓共享创新发展成果，让家家户户过得红红火火。这是长江村人的追求。”

这里的一切，都让夏永感慨万分。

2013年，王礼随跟随夏永去长江村拜访，用他后来的话说，就是去“认亲戚”，叫感情投资。当然，长江村的发展，是他们想也不敢想的。但他们能想的就是让长江村这双有力的手，助仝海村尽快上一个台阶。果然，长江村伸出了热情的友谊之手，助推兄弟村提速发展。他们在袁、范两位主任带队下，来仝海村考察水稻种植基地，并让大学生们同仝海村村民一同下地栽秧劳动。长江村建议他们推广外香型水稻品种，还建议仝海村打造自己特色的农副绿色食品品牌，比如仝海大米。长江村人说:“你们可以建个自己的米厂,生产的大米,我们可以帮助你们推销,只要质量有保证,我们会大量要你们的生态米。”

王礼随感觉到,随着帮扶工作队的到来、与长江村南北挂钩,仝海村集体经营性零收入的历史,将要改变了。

在夏永的带领下,仝海米厂的筹建工作马上启动!没有资金,村“两委”班子成员带头借款,王礼随并不例外。村“两委”班子为了自己的米厂人人出力,于是其他党员干部纷纷跟上。因为这是为仝海村的未来谋福利的好事,符合老百姓的根本利益,而且是在大会、小会广泛征求意见的情况下筹建的。官出于民,民出于土,这一举措得到了从镇到县各级领导的大力支持。

2016年8月,仝海米厂建成,10月试产,2017年初正式投产。王礼随的老伴也成了米厂的职工,在家门口打工,一个月收入3000元左右,最高时一个月可以达到5000元。说到这里王礼随开心地笑了,说:“到现在为止,我欠的所有债都还清了,手里还有部分结余,在县城里买了房子。关键是村集体再也不用为花钱犯愁了。”

王礼随是2018年入的党。他说他入了党以后,更加地对党忠心,对百姓尽心。“在学习中干,在干中学习,期待在我们的手里,巩固和发展仝海的乡村振兴事业。要知道,守业比创业更难，我们现在还在创业，要把一个欣欣向荣的以‘全海大米’为标志的新产业传给下一代人。”

第二章 春

胜日寻芳泗水滨，无边光景一时新。

等闲识得东风面，万紫千红总是春。

——朱熹

第七节　立春

夏永直接从村专干转任书记了

春已归来，看美人头上，袅袅春幡。
无端风雨，未肯收尽余寒。
年时燕子，料今宵梦到西园。
浑未办、黄柑荐酒，更传青韭堆盘。

却笑东风从此，便薰梅染柳，更没些闲。
闲时又来镜里，转变朱颜。
清愁不断，问何人会解连环？
生怕见花开花落，朝来塞雁先还。

——辛弃疾

我在仝海米厂等夏新江。他去镇上办业务去了，什么时候回来，不知道。邱玲的丈夫在这里上班，他说也用不了多久。我就说："我知道你，你在这里的工资从2000多涨到3000，从3000涨到3300，再涨到现在的3500。中途你不想干了，想走人，可你不好意思说出来，夏永发现了，给你涨的工资。"他一听就无声地笑。看样子真的是个大老实人，但也是一个聪明的人。张延威在旁边指着我对他说："他认识邱姨，和邱姨拉过呱儿，知道你的。"

趁这个机会，我去看这座仝海村依靠自身力量，投资1000多万元建立起来的米厂。筹建米厂时省委驻睢帮扶工作队已经离开仝海了。但米厂分明是他们帮扶时打下的基础。夏永一把建米厂的想法提出来，就获得了县领导的支持，县委副书记苏伟带队来考察，当场拍板支持建米厂。现在他如果再来仝海米厂，看到米厂在仝海村的经济社会发展中，在脱贫攻坚、农村产业振兴中发挥的无可替代的作用，应该是会非常高兴的，对夏永会是很欣慰的——他终于把米厂建成并且干好了。

仝海米厂占地13亩，拥有6000平方米的厂房，日可烘干水稻12万斤，有清理筛大、中、小各一套，砻谷机三台套，碾米机七台套，抛光机四台套，色选机四台套和压缩机、风网等成套设备，领先苏北地区所有大米加工厂家，可日产大米300吨。带动周边村民种植近万亩优质稻，亩均增收500元。为仝海村实现年集体经济收入200万元。对几年前村集体零收入的仝海来说，这个突破是惊人的。

米厂西边的仓库里面堆满了优质水稻。东边是庞大的现代化加工车间，里面只有几名工人，已经停止生产了。职工说白天用电一元多一度，夜里才几毛钱一度。所以，白天米厂一般是不生产的，都在夜里干，节省成本。

我和张延威把仝海米厂说成仝海发展优质水稻的航母，还真像！正说着，夏新江骑着电动车回来了。

当过仝海村党支部书记的他穿着很朴素，说话也是一副很诚实的样子。他的办公室连着传达室，很小，放一张床、一张桌，就满了。一盆紫乐多肉，静静地在那里晒着太阳，歪着头看米厂。

夏新江1976年入伍当兵，是新疆铁道兵。他是1980年10月退伍回到仝海的。1990年入党，1992年任村党支部书记。

夏新江回来后不久，1981年3月就任生产队队长，1982年任村会计。夏永是在他的举荐下，于1990年任的村计生专干。在这之前，夏永在路边开一家小饭店，没有挣到什么钱。他能挣到什么钱？来吃的都是乡亲加朋友，他怎么能从他们手里挣钱？可是，也是因为这个，夏新江向当时的乡党委副书记举荐自己的侄子。举贤不避亲，这是他的理由。他说夏永这人有能力，能干事，会团结，热情又高，可以为仝海村做点事。应该说，仝海村有了发展，是夏永当了村支书之后的事。这样看，可以说夏新江为仝海村的发展奠定了人才基础。镇里政工副书记听了夏新江的举荐，亲自来仝海考察夏永。考察后就让他走马上任，当了村计划生育专干。

我问夏新江："你当时是不是为了以后让他接你的班？"

"当时有这个想法，只是在心里，没有说出口，也不能说出口。共产党员不能有私心。"

夏新江说他任村支书期间，全村各项工作成绩在乡里都是前三名，考核差不多都是第一名，是个先进村。

"当时，我发动全村人养鸡，家家户户都养，有的人在楼上笼养。全村养了几十万只，养鸡卖蛋，收鸡蛋的开车进村里来买，不愁卖。县委书记组织全县干部和群众代表来开现场会。老百姓养鸡最高的一年收入有两三万，少的也有万把八千的。村里开会评选养鸡大户，对其表扬和奖励。我们村里又没有工业，招不来商引不来资，只能种粮养鸡。老百姓地种不好，又不能集资办工业，办砸了不好交代。后来我盖了村部，共5间，修了一条村中石子路，有3000多米长。不修路没法走。修这条路时，乡里安排人来坐镇指挥，分给群众一段一段干，一家一段。市委奖励了我，发了奖状，那时没有奖金。当时村主要干部工资开到每月1700元，也是全乡最高的。”撤乡建镇后，夏新江转镇农技站做副站长兼会计。后撤掉镇级七所八站时，他脱钩后卖过农资，干了两年就干不下去了。和夏永干小饭店的情形差不多，亲邻来买农药治白粉病，别人一卖就是好几种药一起卖，一大包，而他只卖一样治白粉病的，挣什么钱？不会做生意，回家种地。这一种就种到夏永建成了仝海米厂。夏永要求夏新江回到米厂，帮他把米厂管理好。“我就负责收稻卖米，进进出出，记账算账。”

“仝海的今天，你以前想到过吗？”

“想是想到过，夏永肯定能为仝海村办些实事。但怎么也不会想到有今天这个样子！要不是省委帮扶工作队来，要不是党的好政策，要不是脱贫攻坚、乡村振兴，仝海人做梦也不会有今天！夏永不是赶上了这个好时候、好时机，他有天大的本事，也干不成今天这个样子！”

第八节　雨水

夏家在仝海一共9家38口人

怅卧新春白袷衣，白门寥落意多违。

红楼隔雨相望冷，珠箔飘灯独自归。

远路应悲春晼晚，残宵犹得梦依稀。

玉珰缄札何由达，万里云罗一雁飞。

——李商隐

夏家在仝海一共9户人家38口人，按说也不算少了，但与朱、王、邱三大姓相比较，就是小户人家了。在传统农村，长期以来，村民都是靠门户说话的。谁的门户大、人口多，拳头和力量也就大，就由他们说了算，主宰这个村的话语权。显然，夏姓人家还不足以强大到如此地步。那么，小户人家该如何在大姓中求得尊严空间呢？那就得有超众的智慧和超强的处事能力，博得大姓人家的信任和承认。这样，由小姓领导大姓的情况才有可能出现。即便不能强势到如此程度，起码也要争得一席之地。夏永的祖父就是有如此理想的人。他是一名共产党员，任村治调主任、粮食站站长，而且他在这个位子上坐了36年。想一下就知道，他不容易，也不简单，更不平凡。36年坚持不懈，需要强大的毅力和坚定的目标，既要坚持他的党性原则立场，还要遵循约定俗成的村俗民风。36年的经验告诉夏永的祖父，夏永这个孙子必须是党员，必须是村干部，可以为老百姓干点实事！他经过细致观察，认为在夏家的同辈人中，也只有夏永可以实现他的愿望。但这遭到了夏永母亲的反对。那时夏永家里开油坊，家里需要人。但夏永母亲的力量显然是弱小的，难以抗拒夏永祖父的意愿。

那一年，夏永19岁，高中毕业后，被选送到县委党校学习三年，有了大专文凭。结业后没有事干。没有事干怎么行？他热血沸腾，思维活跃，直觉告诉他，年纪轻轻的必须有点事干。于是，他把为他结婚盖房用的砖瓦拉到了村前公路边上，搭起了两间简易的小屋，开了个小饭店。动工之前，他父亲只说了一句话："想干你就干吧。等你结婚没有房子，别怨我！"夏永的祖父看在眼中，喜在心上，这孩子，有心数，将来必定是能干出一番事业的人，他要助一臂之力。夏永祖父的一臂之力就是从思想上去引导夏永追求上进，用后来的话说就是要有理想、有抱负、有担当、有谋略。

1997年10月，这名叫夏永的年轻人，开始在仝海村任计生专干。如今，农村人对于村计生专干这一职位，已经十分淡漠了。但在20世纪90年代，这个职务可是不可小觑的，那可是享受主职待遇并为人所看重的位子，没有能力的人是干不了的。他要面对那么多的以各种各样方式和理由多生孩子的村民。一个刚22岁的年轻小伙子任计划生育专职村干，他所面对的都是他从未想象过的局面。但夏永干了，这里有他祖父的心愿，更有时任村党支部书记夏新江的期待。

那个时候，要开全村广播会，宣传计划生育政策和措施。夏永刚开始不会开这个广播会。不过，不用担心，他祖父给他拟好了讲稿，他照着念就行了。原来，计划生育广播会就是这样开的，夏永学会了。

这一干就是两年。两年，他从工作实践中重新认识了仝海，也重新认识了父老乡亲。他的工作经验在积累，他处理问题的方法方式在丰富。时机到来了，尽管他并未完全成熟，但这并不要紧。2002年6月，换届选举，夏永通过自己的努力，在那么多热切的目光中任仝海村党支部书记。这也许是他的祖父和他的三爷夏新江的终极目标。在仝海，这是最高级别的村干部了。再高的，他们也不敢想象。

新任村支书夏永要干出一番成绩。但他想不到的是，第一次重大决策的结果，失败了！

夏永迫切地希望父老乡亲尽快富起来。在农村，不让老百姓富起来，还有什么本钱说话？说了又有谁听谁信？

2003年，他经过审慎地考察，觉得水稻制种收入高，也并不复杂，仝海村可以一干。他开始动员老百姓栽种制种水稻，可老百姓不接受。不接受就自己带头干吧。他和村干部们开始尝试水稻制种，圆一个群众发财的梦。令他想不到的是，他运气不好，碰上了坏时机——正当水稻扬花的季节，老天忽然变了脸，下起了雨来。下一天，夏永不担心；下一个星期，他们也还沉着；可是，天没有放晴的意思，雨继续下着。夏永天天就盼望着雨停日出，心也提到了嗓子眼。这一切没有用，不管多么担忧，雨还是持续下着。水稻无法授粉，导致他的制种水稻基本绝收。

几个村干部垂头丧气。是选择错了呢，还是一种巧合？

怎么办？就此收手？这不是夏永的个性。再干，他们又瞄准了发展蔬菜大棚。全村一下上了600亩，种早熟毛豆，种辣椒、茄子，种西瓜、甜瓜。这些大棚不是村集体种了，而是由农户分散经营。满以为这些大棚里会结出金瓜、银瓜，收获却是平淡无奇。各家农户只是被动完成了种棚任务。夏永收获的还是失望多于希望。

夏永思索着为什么总是达不到目标。他发现有一个令人忧虑的现象，就是社会风气不正。仝海地处沙集、高作、凌城等镇的交界处，打架、斗殴、强奸、砍庄稼、偷电机、偷猪牵羊等事时有发生，防不胜防。

夏永决定从加强全村治安整风开始，营造一个平安祥和的生产环境，让老百姓可以安居乐业。村里设置了治安点，组织了巡逻队，为警务人员配备了生活工作的必备品。仝海的治安环境很快明显好起来了。

看到这些变化，夏永决定再寻找致富的出路。他组织党员干部到连云港去考察，发现那里养殖泥鳅很火，出口到东南亚，一亩泥鳅塘可以创收三四万元。他觉得这在仝海可以复制。于是，仝海村开挖了68亩泥鳅塘，共计13个。为了做出表率，村干部承包了11个，其中夏永自己承包了3个。1亩泥鳅塘需投入近万元。夏永和村干部信心满满，觉得这个产业大有奔头。他们没有料到，到了第二年，全球金融危机爆发，东南亚泥鳅市场萎缩，泥鳅滞销了！泥鳅苗子是7.3元一斤买来的，成年泥鳅出售价只在7元左右，这么一算，又赔大了。夏永开始找市场，为泥鳅找出路。终于找到合肥的一个批发水产品市场，以每斤8元的价格把泥鳅销了出去。

一路算下来，夏永3个泥鳅塘，养了一年多，净赔18万元。这18万元，当时可以在徐州市区买房交首付了。他媳妇与他吵，说人家干能挣钱，你一干净赔钱，这个书记还能干吗？这得贴多少家业？养泥鳅的村干部，或将泥鳅塘改养鸡头米，或干脆种上了水稻，有的人不养泥鳅改去卖饲料。用当时村民的话说，他们干了一项只死不活的项目。赔得不少，挣得不多。

其间，夏永的弟弟申请到了一项矿山机械专利，并成立了自己的公司，极力要求哥哥去助他一臂之力。虽然欠下的债务很多，夏永也感到了艰难，但他不死心，希望通过自己去帮助弟弟的公司运营，让鲜血回流到自己身上，回流到仝海的大地上。他想辞去村支书一职，但他辞不掉，上级组织和村里党员群众不答应。他必须两头兼顾，却顾此失彼。

时间很快来到了2012年。这一年，就是夏永当村支书的第十年，省委驻睢帮扶工作队来了！

全海的新发展机遇随之而来！

第九节　惊蛰

仝海肯定能帮得住、扶得起来

阳气初惊蛰，韶光大地周。

桃花开蜀锦，鹰老化春鸠。

时候争催迫，萌芽互矩修。

人间务生事，耕种满田畴。

——元稹

正在徐州的夏永突然接到邱集镇一位领导的电话,告诉他:“尽快赶回仝海,省委驻睢帮扶工作队来了,正在选村,要了解仝海村的情况!”

夏永立即意识到,这是千载难逢的好机会!想想自己从2002年任村支书,10年来把能想到的都想了,能做到的都做了,从水稻制种到盖大棚、养泥鳅,无一令人满意。这一次,省委派帮扶工作队来了!有人帮一把,不一样;有人扶一把,更不一样;连帮加扶,仝海也许会借势而起!

第二天,夏永的身影就出现在了仝海。

省委帮扶工作队的领导来了,县委扶贫办的领导来了,镇领导来了。夏永开始汇报仝海的发展历史,优势和劣势,不利和有利,困难和思考。领导听得仔细,问得认真。他们明白,这里种植业有基础,养殖业也有传统,只是没有任何工业基础。帮扶工作队队长说:“你写一个详细的申请报告,填好表格报上来。我觉得仝海虽然穷,但能够帮得住、扶得起来!你这个书记是个有想法的人、想干事的人、一心想成功的人!不然你也绝不会这样反复折腾。尽管没有成功,但有百折不挠的奋斗精神。我们尽量让政策向仝海倾斜。仝海,一定会成功！”

夏永说：“感谢领导的理解和信任，我们一定做到！”他的内心涌起了兴奋的波涛。这么些年，除了自身坚持奋斗，没有谁来帮助过仝海，仝海的发展毫无起色。只有他在原老村部前边又盖了五间屋而已，这可算是他的“政绩”。除此，就是经验和教训告诉他，贫困乡村想要“咸鱼翻身”，如果离开党和政府的关怀与支持，一定是无路可走，最终一事无成的。

省委扶贫队开始行动了。

仝海不是有养殖传统吗？好！

投资180万元，年出栏生猪一万头的养殖场建立起来，共计10栋。18栋羊舍也建立起来了，总面积5000平方米，共投资330万元。

后援单位领导来仝海看望父老乡亲，破旧的村部，椅上落满灰尘，连一个干净可坐的地方也没有。没有一个像样的村部，这就不叫战斗堡垒，别说群众了，连普通党员都找不到一个“家”的归属感。扶贫队说，支持建一个新村部，把力量凝聚起来，把信心提升起来。扶贫队和县镇领导与夏永一起考察选址。因为现在的仝海村是2002年与王朱村合并后的仝海村，15个自然村庄散落在各处，这给管理上带来了诸多不便。新村部必须选在一个可以照顾到这众多自然村庄和

4100多位村民的地点。于是，扶贫队汇合县、镇、村三级领导，帮助仝海选择村部新址。村址选定之后，扶贫队投资90万元，仝海村自筹30万元，总共投资120万元。建筑面积达800多平方米的多功能便民服务中心大楼，矗立在了仝海的土地上。村民一阵激动，这个“家”好漂亮！

村里及时跟进，在村部前建起了小广场，广场旁边是小花园。大伙把先进党员、模范村民的事迹制成了光荣榜，立在那里，成为仝海人学习的榜样。

奔腾的马已备好，金鞍、银蹬期待主人。夏永开始谋划仝海经济发展蓝图。此时不干还待何时？村集体需要改变现状，令人忧虑的沉重包袱可以卸掉了。合并时积压下的140万元债务要清除，五年时间他自掏腰包一万多元的历史要改变，村干部三年没拿过一分钱工资的无奈要结束。

村党支部开会决定：把10栋猪舍承包给有能力经营的养殖户。村集体要富，村民更要富。

用同样的方法把18栋羊舍承包给个人。

把便民服务中心大楼的一楼也租出去。

夏永这么一计算，省扶贫队在仝海留下了一只会下金蛋的金母鸡，仅此一项，村集体一年收入40多万元，还带动村民走上了发家致富的大路。

养殖业有了崭新的出路，下面，就要重新开始在土地上做种植业的文章了。

这一年是2012年，在全海村的发展史上，是具有里程碑意义的一年，是值得大书特书的一年。

第十节　春分

办公桌上放个苹果，十天八天根本没人去摸

雨霁风光，春分天气，千花百卉争明媚。
画梁新燕一双双，玉笼鹦鹉愁孤睡。

薜荔依墙，莓苔满地，青楼几处歌声丽。
蓦然旧事上心来，无言敛皱眉山翠。

——欧阳修

仝海大米如今是一个绿色品牌，也是一个传说，一个传奇。仝海种水稻种了几十年了，朱贤君说他记事时就在种水稻了。他是1966年生人，今年已经56岁，这么说仝海种水稻起码种了50年。仝海大米真正出名，是在省委扶贫工作队来到仝海之后；仝海大米真正走出仝海，是从南北挂钩帮扶，从仝海村与江阴长江村结对开始的。省委扶贫工作队没有进驻仝海之前，村里有老党员去世，村党支部连买个花圈的钱也掏不出，穷得像一只洋铁盆，一敲叮当响。没有和长江村结对之前，大米不长腿，就趴在仝海村；与长江村挂钩之后，仝海大米不是长腿了，而是长出翅膀了，飞出去了。

夏永说长江村来仝海考察，相中了仝海大米，说香气扑鼻。这么好的大米，怎么会待在村里走不出去？真是"养在深闺人未识"！这明明是在市场上受人欢迎的粮食啊！后来，长江村人知道了，这是夏永使出全身力气推广的优质水稻。长江村开始预定，第一年定了20万斤，第二年定了50万斤，接下来只要有，长江村人就要。一开始一斤卖3元钱，后来涨到3元3毛钱一斤。这远远高出当地的市场价，也超出了仝海人的想象。现在仝海的土地几乎全种上了大米，整个邱集镇种了12万亩水稻，成了全省的“味稻”田园小镇。从这以后，仝海人开始富起来了。能不富吗？生产的水稻，自己米厂加工，从仝海飞越长江，质好价优。仝海大米把仝海带飞起来了。

朱贤君说：“我和夏永书记租车去长江村送大米。去的时候，都是下午装的车，傍晚才上路，到长江村时，都是在半夜凌晨。人家都在休息，得等到天亮了才有人来卸车。我们舍不得花钱住旅社——知道旅社并不贵，睡得也舒服，就是舍不得花钱——就在汽车驾驶室里眯到天亮。天亮了，来人把大米卸了，我们就在人家食堂里吃早饭，坐车到汽车站，80元买一张车票，赶紧回到仝海。这一趟，连100元也花不完。回来之后，也不要补助，一分也不要。夏永书记不要，我能要吗？夏永不提这事，我更不能提这事。他是党支部书记，我是共产党员，为仝海发展，怎么能讲钱？讲钱就没有人品了，别说党品了！”

朱贤君的看法是党品、人品第一，个人、金钱第二，个人、金钱服从党品、人品。看一个人如何，先看的是人品。有什么样的人品，就会挣什么样的钱。人品有了，信任也就有了。看一名党员合不合格，得先看他的党品纯不纯正。

他说在乡村里，不是有了钱不要借给别人，担心会人财两空，而是有人品的人，需要用钱的事还没有发生，亲邻早就主动同你打招呼了，说："需要钱时吱一声，我这有，从我这里拿。"人品不好的向别人借钱，人家明明有，却摇头说没有，转身走了；人品好的人向别人借钱，人家还真没有，可他会对你说"稍等一下，别急，我去拿"，一转身，就从朋友那里借来钱给你了。这就是人品的力量。在乡村，是靠人品的力量而立身的。

党员的党品就是服务老百姓的品行。你把老百姓的事捧在头上，老百姓就把你放在心上；你尽力去为老百姓办事，老百姓的耳朵就能听进去你的话，就能跟着你走。为人民服务，这就是党品的力量。

朱贤君给我讲了一个故事，以证明他的观念。

张庄有一位老人，一生含辛茹苦，养育了五个子女。如今老了，儿子娶了媳妇，可儿媳妇泼辣挑剔，对老人不孝，惹得左邻右舍在背后指指点点。朱贤君说："如果一个人对父母都不孝，反而对其他人会很好，我才不信，这不是扯淡吗？我就去找他们。我首先找到的是老人的儿子张山（化名）。"

朱贤君："张山，你过来，我和你说说事。"

张山："什么事？"

朱贤君："你说，对老人，是你的事，还是你媳妇的事？"

张山："……"

朱贤君："你不要朝我这样看！你看看村里谁还像你们

两口子这样？你不怕人笑话，俺村里人还怕人笑话呢。你爹妈那时是什么年代？白干稀饭都喝不均乎，把你兄弟姊妹五个养这么大。你们五个居然养不了两位老人，丢不丢人？”

张山：“我媳妇不听我话。”

朱贤君：“媳妇不听你话？当面教子，背后教妻，我看她是跟你学的，是你宠的惯的！”

张山：“不是，不是，我没有。”

朱贤君：“家有老人是一宝。你平时少花一点，就够老人花的了。你怕你老婆，你不能避开你老婆给啊？她看不见，你不也省了麻烦？再说了，你们都对老人孝顺，她敢不孝？她没有爹妈？她不是爹妈生养的？我告诉你，你们要是再对老人不好，我就不客气了。我把你们的事公布出去，贴在村部的公布栏里，看你们要不要脸！”

张山：“那也不是我一个人这样。”

朱贤君：“你先凭你良心，各人凭各人良心。你们兄弟怎么不比左邻右舍那些孝顺的人？”

从此以后，张山两口子好多了。朱贤君就感到很欣慰。其实，他对张山也就是连哄带吓唬。结果，起效了。事后他想这药管用，人还是知理要面子的。

仝海村里有一条南北向的主路。原来的路面太窄了，已经不适应现在发展的要求了。别说在仝海了，就是在别的村，乡道、县道、省道，当初设计的路面，还有多少适应现在的行车要求？仝海村就决定把原来的这条主道加宽两米。加宽两米不多，但长达两三千米，涉及村民的住房、田地等问题。村民都是好村民，但如果个人利益受损，他们当然是心疼的、矛盾的。

朱贤君说："村干部和党员就得站出来啊！做群众思想工作的事，单单凭嘴也是不行的，必须得行动，得看到群众的损失，要适当补偿他们，让他们心理平衡。这比说什么都好用。党员干部带头干了，就没有做不成的事。天下的事都符合老百姓的心愿了，也就没有干不顺的事。你考虑到老百姓的利益和付出了，也就没有干不好的事。

"你看现在这一条水泥路，铺得又直又平，平时错车什么的，畅通无阻。到了麦收季节，有些人在拾边地上种的小麦，也就是能打个十斤八斤的粮食，铺在路上让车来回压。这怎么可以？我们去做工作，说路是用来走的，不是用来压麦子的。压麦子有麦场，麦场的地也分给你了，这路上不能压麦。你想想看，你没有压麦，走在路上看到别人压麦，你心里会怎么想？更别说安全和环保了。那些老人也听劝。所以，这条路从来都是畅通无阻的。你要知道，村里是没有执法权的，上边布置的许多任务，都堆到村里，村里怎么办？村里面对面与村民打交道，凭的是一张脸、一颗心、一份乡情、一份公正正义。这也是建立在党的领导下的。

“对你说吧，别看仝海现在有名气，来参观考察的人越来越多了，那是夏永书记带领大家干出来的。但你不知道，村‘两委’班子成员都写过辞职报告，要求不干！县里、镇里领导对仝海村干部就感到奇怪，说在其他村里都是有人争着想当村干部，你们村正好相反。我就说想当村干部的有，有些人认为当了村干部风光，可以捞好处，可以吃吃喝喝。在仝海，没有的。对你说，办公桌上放一个苹果，放十天八天，根本就没有人去摸一下！放干了，还在那！

“上级想推举王翠接任村支书，她不接，她觉得自己能力不够。后来夏永又对我说，让我去见镇委书记，说他要找我谈话，想让我接任村支书。我根本就没去见。你想我从心里就没有这个想法，怎么去见？见了怎么说？一不去见了，他心里也就明白，不会再找我了，不是给他省了麻烦？我们仝海村干部，都是这样的人。要不怎么说仝海老百姓的事就是自己的事呢？

“从去年开始，村干部工资涨了。说实话，就是涨了，想靠村干部那份工资养家糊口，过上小康生活，肯定是实现不了的。我们村干部家里人人都有事做，可以说是致富奔小康的带头人。谁家里一年没有二三十万元的收入啊！”

我想起来了，就问他：“听说你养了100头母猪？这可是一笔不小的财富啊!”

“哪有那么多,小母猪有30多头,大母猪有40多头,一共七八十头。”

“你从什么时候开始养的?”

“也就是最近几年吧。我看到农村不支持家家户户养猪。全镇过去有五六百头老母猪,现在不足100头。大经理、小主任到处都是,会养猪的不多,而且市场行情看好,就算下降了,也降不到哪里去。我是准备自繁自养,科学养猪,用现代化技术养猪。我现在除了自繁自养外,还为一位老板养育肥猪,养一批出栏五六百头,我可以净挣15万元左右。我雇了两个人,一个负责清除猪粪尿,一个负责饲养,一人一个月3000元左右工资。他们愿意跟我干,因为我尊重他们,不拖欠工资,逢年过节还送礼物。等到小猪长大了,就不给别人养了,自己养。那个猪场,就是省扶贫队给建的,我租下了一幢,自己用。”

“你的母猪下多少小猪了?”

“现在有200多头吧。这才是一半母猪下的。”

“一头母猪能下多少小猪?”

“少的十一二头,多的十五六头。”

“这么多啊?喂得过来吗?”

“喂得过来。如果下多了喂不过来,就分两班喂。”

“全能喂活？”

“怎么喂不活？我当年喂黑母猪，母猪一窝下了24头。它没有那么多奶头，我就把小猪分成两班，固定时间换班喂，也就二十七八天，不到一个月就可以喂食了。”

“现在还用分班喂吗？”

“现在不用，引进的是良种白猪。猪舍都是单独的，室内恒温，连地面都是热的！也没有苍蝇蚊子，猪吃过就睡，睡过就吃。干净得很，也不易得病。”

“那小猪还不得一天长一斤？”

“差不多，满月时都得有二三十斤重。过去喂到七八十斤才拉到市上卖。记得我有一窝小猪，卖了2万多元，一是价贵，二是分量大。”

“人家发大米财，发羊财，你发猪财！”

“什么叫会挣钱？老子挣儿子钱，自家人挣自家人钱，那不叫挣钱，挣外头人钱才叫会挣钱。村集体想发展要用地，老百姓想发展也要用地，一申请，不批，没有用地指标了。我们村建米厂，用的是自己的地，却花了120万元买地皮，地在你的地盘上，那地却不是你的了！老百姓做一筐豆腐，四处去卖，大半天下来，能挣多少钱？你得有厂，有企业，才能让集体和个人挣大钱。

“还有，这里的土地，就适合种水稻，种果树就不行。有人栽了四五亩葡萄，不长，拉上铁丝网，也废了。有人种了什么石榴，也不长，废了。种地也得因地制宜，老百姓不认可的，你上级就不能强求。

“我们原来想打造一个农家乐休闲园，计划都做好了，吃的、玩的、卖的，都是天然的，挣有钱人的钱啊！我们卖给他们的就是健康。可是到后来，没地，没指标，只好忍痛放弃了！”

“看样子你是搞过经营的？”

“我干的可多了，错失了好几次发财机会。”

“怎么讲？”

“我是1985年从凌城中学毕业的。那个时候，我们这一届90多个学生，文理各占一半。我考大学没考上，但在乡村还算是有文化的人啊！后来招民办老师，一个月工资45元，我嫌少了，没干。我去了王林建服装厂，就在王林乡政府大院附近，是地方提供的房子。结果招的工人今天家里有事，明天亲朋有事，后天小孩有事，没有事的几个人一约就进城，说走就走。你管紧了，手一甩不干了，拜拜了，还怎么管理？企业没有管理就没有效益。加上后来乡政府要回收房子，一年还得上交二三十万税。异地重建，我没有那么多资金，就只好不干了。这一折腾赔进去50多万！

“回来得还债啊，赔的钱都是借亲戚朋友的，人家那也是血汗钱，一分一分挣来的，我又不给人家一分钱利息。为了还债，我就去贩猪卖，上山东买猪，到南方卖猪，一斤挣一毛多，一车拉五六十头，一趟三五天，可挣一千五六百元。

“我在村里是第二个装固定电话的——第一台固定电话是村部装的——装一台2500元。不装不行，打个电话联系业务，还要去王林乡里找公用电话，不方便！

“我还干过建筑，去辽宁、大庆都干过，人家瓦工不让我学技术活，技术活挣钱多。一到吃饭时候，两个小时时间，我只用半个小时不到，饭碗一放，我就到工地砌墙，偷偷学。建大楼楼梯，瓦匠只会干活，设计不出阶梯标准，对不上线，我就可以做出来。中建八局一公司的李经理看到了，叫我跟他干，将来带人干活当个工头，当个小老板。我又没干。为什么？我一看小工头问大工头要钱，都得夹上两条好烟去。去了给一点，又不给完。再去了再给。我心想我干不来。活干了，工人问我要工钱，我问老板要，老板不给我，我怎么对工人交代？我当初在辽宁的建筑工地干过一年活，就是没拿到一分钱，我有过体会！所以，这个工头我不能干！你看我遇到多少发财机会？

“还好，现在回到家乡，在村里为仝海老百姓服务，我自己的养猪事业也没有耽误，心里很充实。当初工厂倒闭没钱还债，两个孩子上大学，都是我妹妹一家供养的，现在都成家立业了。我母亲81岁了，在老家为我看个门，照料一下，她包了饺子都喊我回家去吃。我一头在村里，一头还要照看一栏五六百头菜猪，一栏七八十头大小母猪，晚上也很少在家里住。没有老母亲帮助一下能行吗？”

“你对全海还有什么想法？”

“想法多了。村小学撤了，留下了那块空地，夏永书记如果能争取下来建厂房，我们就全力以赴跟上去。把全海优质水稻种好，让老百姓平平安安过好日子，过富裕日子。”

“你把自繁自养的猪场发展了，发猪财！”

“哈哈，那应该是一点问题也没有！”

我后来去看了朱贤君的母猪场。那些母猪，有站的，有睡的。大的五六百斤，我拍了照片，发在朋友圈里，有的人说长得像驴，有的人还把那猪头弄成了“表情包”；小的四五百斤，体态丰盈，见了人也不害怕，还把头伸出栏外，想与人亲近。那些小猪崽活蹦乱跳，小眼睛晶亮可爱。我就在心里赞叹：这个朱贤君真是一个能干事的人。奇怪的是，他和王翠的想法一样，都认为以自己的能力不足以胜任村支书，拒绝接受。这真是给夏永书记出了难题。

第十一节　清明

夏永继续行大礼且动作一丝不苟

六曲阑干偎碧树，杨柳风轻，展尽黄金缕。

谁把钿筝移玉柱，穿帘海燕双飞去。

满眼游丝兼落絮，红杏开时，一霎清明雨。

浓睡觉来莺乱语，惊残好梦无寻处。

——冯延巳

夏永在他老二家吃饭。饭还未上桌，他闻到一股奇异的饭香。这是他以前的记忆中，未曾出现过的米饭香。虽然心中暗暗好奇，但也没有随口发问。乃至米饭端上了桌，那股清香愈发浓郁。于是再也忍不住了，问："这是什么大米？"

"五常大米。"

"这么香啊？"

"比家乡仝海的米怎么样？"

"那还用说吗？不一样。"

"怎么个不一样？"

"好吃，香，软，糯。这米多少钱一斤？"

"九元。"

"九元，这么贵！我捧的是碗金饭啊！"

"有便宜的啊，比如你带人种的大米，两元一斤，你说你自己吃，要哪个？"

"……"

"我想问你，你以前在仝海的土地上，都折腾种了什么？"

"一言难尽了！种过大白萝卜，种过樱桃萝卜，种过日本梨，种过芦巴子……种过的可多了，种得不成功，老百姓不愿意种。”

“你看你这个村支书，把你的威信也搭进去了。我不回家，也没见你来了带点米来。”

“那米能带来吗？带来你吃吗？”

“什么米，说得这么吓人。农村饭以前在家又不是没吃过，也不比你少吃。”

“杂交米，产量高，口感不怎么好。”

“嗯嗯，口感是不好，可能填饱肚子。”

“现在人，还有几个再图填饱肚子的？老百姓自己种，也不自己吃。要不收下来卖了，买口感好的米吃，要不专门种一点好稻自己打米吃！卖也卖不起价，买的都是高价米。”

“所以，你得改变一些想法了。现在不是要求吃得饱的年代，而是要求吃得好的时代。”

“有理，有理！”

夏永属于那种说干就干用行动说话的人。有钱买种，无钱买苗！他去县农委询问有什么优质水稻品种适合在仝海土地上生长。县农委的领导接见了他，望着面前这位面露渴望的村支书，县农委主任问他：“你们那种过什么品种？”

夏永把仝海曾经种过的作物，一五一十做了汇报。而且他特别强调说，好像仝海的土地，只适合种水稻。

县农委主任笑了，说：“看样子你是一个想为群众办好事的村支书，有激情也有想法。我向你推荐一个好品种，至于在你那里怎么科学种植，你得去请教农业专家，让他们给你们开个‘处方’，你照着做就行。”

夏永如获至宝，专程来到市农科所，向水稻种植专家请教。

水稻种植专家说：“你们那里的自然条件，最适合种这个品种。以前我们也曾设想过，在你们那里找一个合作单位建立一个推广基地，可是没有找到。今天你找上门来了，这可是一件求之不得的大好事。我们和你合作，在仝海建立优质水稻种植推广基地可好？”

夏永：“好，我们求之不得！”

夏永回到仝海后，向群众介绍推广优质水稻新品种，可是群众大多数摇摇头，不信，说：“以前我们信你的，栽这个种那个，没有一个发财的。这一回，你先种，你种成功了，我们再跟你种！”

怎么办，夏永能怎么办？总不能硬拿群众的手来种吧？即便硬拿群众的手种，也不是不可以。但如果他们不用心去种呢？结局会更糟！

只有党员干部带头种！袖笼里有没有胳膊，得让群众摸一摸。

夏永带领村干部，从群众那里流转出来100亩土地，开始试种新品种，种下一个梦想，种下一颗希望。

在农业专家的精心指导下，在夏永们的精心管理下，秋天，优质水稻成熟了，沉甸甸的稻穗在阳光下金灿灿的，谁看了都不由得说，这稻子果然长得好！而夏永说，你们细细闻一下，是不是有香喷喷的米饭味？群众说，香不香，吃到嘴里才知道。

不是吃到嘴里才知道，而是结出了细长晶莹的米粒儿就已经闻到了。不用说，人人都觉得这米好吃。

好米有了，好的销路在哪里？

在省委帮扶队的牵头下，南北挂钩帮扶的机会来了。闻名大江南北的富裕村江阴长江村，与仝海村结成了兄弟帮扶村！夏永敏感地意识到，这是一个磕头烧香也求不到的好机会。仝海大米，有可能会在长江村人的口碑中，走出仝海，走进长江两岸。

夏永带着仝海大米等土特产奔赴长江村，他说去走亲戚！

苏北的亲戚来了，按理，亲戚家主人应该出来盛情款待。可是，飞速发展的长江村的主人，实在忙得无法分身，只好由妇联主任袁慧珍出来接待他们。少不了嘘寒问暖，十分关切。夏永希望转达对长江村“家主”李良宝书记的问候，邀请他百忙之中，到仝海走一走，少不了凉水变热水，薄酒一杯，表示敬意。袁主任说：“一定转达到，一定转达。照顾不周，敬请谅解。”

夏永说:“没事没事,十分感谢,下次再来拜望!”

下次再来拜望,这是夏永想好了心思,此处埋下了伏笔,却又是情真意切!袁主任连连说:“欢迎欢迎,欢迎下次再来!”

一连两年,夏永带人去了多少次,不好计算。南北挂钩的时间结束了,长江村的“家主”始终没有见到。

连夏永都有些气馁了。下面还怎么再去呢?

睢宁县人大常委会主任知道夏永的心思后,鼓励他说:“去!为什么不去!你为的是集体,又不是为你个人!不要怕丢人,这怎么就算丢人了?”

此时,一个令人震惊的消息从长江村传到了仝海:2014年7月12日早晨6时05分,深受长江村人爱戴的老书记李良宝因病医治无效,不幸与世长辞了!

夏永既感到悲痛,又感到意外,甚至感到了绝望。他曾希望拜见这位受人尊敬的老书记,向他倾诉心曲,向他介绍仝海,邀请他来仝海,借长江村的力量,把仝海带起来,让仝海强大起来,但一直没有实现,甚至连见一面的机会也没有。他曾设想,长江村就是仝海村的一条跑道,仝海就是一架待起飞的飞机,不借助长江村这一条跑道,仝海村就无法起飞,就没有展示自己飞翔姿势的可能。如今,老人已去,仝海还怎么去寻他，还怎么向他倾诉？夏永想，这曾经的一厢情愿，既不是去乞讨，也不是去卖怜，而是渴望创造发展条件的求援！

7月18日上午9时08分，长江村要为老书记举行遗体告别仪式。仝海村党支部的支部委员们都知道了这件事。如何处理，都在等待夏永的决定：他如果说去为老书记吊唁，要谁去谁就可以立马动身。

夏永思考了一下，决定带领村委会主任王礼随再去长江村，专程去为老书记送行。王礼随说："好，你说多会儿动身？"他多少次地跟随夏永去过长江村，对那里的环境和人有了一定的认识。由他陪同夏永去长江村，在夏永看来，是极为合适的人选。因为，此行不仅仅是去为老书记吊唁，还有更为重要的任务，那就是为仝海的发展寻机会。

2014年7月的仝海热得干燥，热得如蒸笼。夏永和王礼随怀着由衷的崇敬和最大的祈愿，向长江村出发，去为老书记送行。

长江村的人对夏永一行的到来有些意外，有些感动。他们熟悉夏永。这位苏北村支书的身影，是出现在长江村大风景中的一个小小部分。负责接待的人做了很周到的安排，并立即把他们的到来通知了主事的人和有关村领导，并且强调，这一次必须要接待他们，与他们做一次简短交流，不这样，对夏永书记说不过去，对仝海村说不过去，也对老书记和长江村说不过去。

按照民间风俗，夏永要在老书记的遗像前烧一把草纸，跪下磕三个头，这行的是至高无上的大礼。长江村人和仝海村人都懂得这一点。夏永在心里暗暗告诉自己，绝不能磕三个头就起身！他必须利用这难得的也许是唯一的机会，表达对老书记的尊敬，表达仝海村民对长江村民的期待。

夏永开始燃草纸，然后站在老书记遗像前，深鞠一躬，再双膝跪下，按照乡下最为标准的敬重礼仪，向老书记磕了第一个头。然后，重复第一次的程序动作，磕了第二个头。旁边陪同吊唁的长江村人做了准备，一旦第三个头磕完，就要把夏永扶起来，领到休息室去喝茶叙旧。然而，令他们意想不到的事情发生了。

夏永磕完三个头，并没有任何结束的意思，那表情分明是还要继续下去。夏永此刻在心里说：老书记，我代表仝海村全体村民，祝您一路走好！但愿仝海的真诚感动您在天之灵，让长江村兄弟伸出友谊之手，拉仝海人一把，让仝海走出发展的困境。仝海村要奋斗，仝海村要发展，仝海人要富裕！仝海需要长江村的臂膀！

夏永不是也许在想，而是一定在想，而且是一边磕头一边用心在向老书记默默倾诉。

夏永磕下了第四个头。王礼随看得一清二楚，他知道夏永此刻的想法，深为感动！

长江村的人感到吃惊。这位苏北仝海的村支书，怎么这么真诚啊！

是的，人与人之间的那份真情，是最为动人、敏感的琴弦，一经弹拨起来，将会与理解的人产生共鸣，那将会产生奇妙的作用。这从围观的人和陪同人的眼神中可以看出来。是什么样的人，抱着什么样的感情，才能一次次地跪下来，行这种感天动地的大礼啊？至亲好友，也不过磕三个而已，这种礼节，简直是八拜之交，简直是生死之交，简直是灵魂之交！

王礼随在心里数着，夏永已经磕了六个头了，他还没有停下来的意思。围观的群众越聚越多，已经有人去向长江村的主要领导通报去了。

夏永继续行大礼，而且动作依然一丝不苟、规规矩矩。围观的人鸦雀无声，静得能听到夏永行礼时跪下的声音。

长江村的人从来也没见过这样行大礼的人。他们只知道，以前这位书记来时带的大米清香扑鼻，吃进嘴里，感觉与众不同。这夏永的行为，如同仝海大米，真诚之香，与众不同。

长江村的主要领导、企业负责人以及办事大执全赶过来了。这就是夏永希望见到的结果，他就是要用自己的真诚，引起他们对仝海人的关注，而不是对他个人。他的身上带着仝海四千多口人的期待，他必须尽一切可能完成这次重任。

夏永开始磕第七个头、第八个头，当他磕完第九个头，准备结束这隆重礼仪的时候，长江村领导走上前来，把夏永带进了休息室，对他说："今天不比往日，你行了这么远的路，赶来为老书记吊唁，令人感动。老书记在天之灵，一定会感谢，一定会欣慰！今天不能像过去一样，来了就走，不在长江村吃饭。今天必须在这里吃完饭再回去，我们在家的人陪您。这也是老书记的心愿！"

夏永深表感谢，点头答应。他知道他的真诚、他的渴望、他的心迹，长江人已经十分清楚了。

在来长江村之前，夏永自己也没有想到，他会为长江村老书记行九拜大礼。他只是意识到必须来，必须磕头吊唁。但他走向老书记的遗像时，他心中有许多话想说，为自己十几次来不得一见而遗憾。那一刻，他长跪不起，那一刻，他想号啕大哭。但他不能！他是仝海村的男子汉，且不说他是村支书了。仝海村的男子汉该是什么样子的？重情重义、感恩坚毅、挺拔不屈、勇于担当。夏永在此刻，在长江村人的友好盛情中，感觉自己站在冬天的大门口，一缕温暖的春风正迎面吹来，杨柳吐翠，桃李花开，稻谷葱郁，鱼虾欢腾。仝海，要在春天里启程了。

长江人告诉夏永，如果他们再不去仝海，实在对不起仝海人的一番深情！

夏永说："我们早就盼望着这一天了！"

第十二节　谷雨

“仝海人”微信群

谷雨花枝号鼠姑，戏拈彤管画成图。

平康脂粉知多少，可有相同颜色无。

——唐寅

仝海的老百姓习惯把省委驻睢帮扶队为仝海盖的新村部叫作东楼。这个楼址是夏永选的，在仝海与王朱两村的交界处。这个选址颇有心思，那就是明明白白地告诉大家，现在在仝海的老百姓两村合并后是一家人，不要再心存曾是两家人的概念。作为村党支部和村委会，是一样重视和关心大家的。其实在村民当中，几乎不存在曾是两家人的想法。兄弟俩由两家合成一家，人多力量大，士气高，比两家各自发展更有前途，更有奔头。

不久，仝海村部盖起了西楼。西楼是仝海村自己出钱盖的。腰包有钱了，怎么花自己说了算。东楼叫党群服务中心，西楼叫文化服务中心。东楼的一层承包出去了，二楼是办公的地方。但夏永主张开会议事等活动在二楼进行，办公则统一搬到西楼一层，那里是便民服务大厅，一溜办公桌，各自摆放着电脑，群众来这办事，不用上楼，一条龙服务，在这里可以办完。当初夏永就说，在家里来办事的村民很少有年轻人了，大多是上了年纪的人，不能叫他们来村里办事再爬楼梯，很不方便。如果他们连来一楼办事也不方便，那就上门服务。甚至不用上门，一个电话即可。

王礼随如今是村党支部副书记，2021年换届选举后，他原先的村委会主任一职由村支书夏永兼任，他改任村副书记。他说起服务村民，就是一句话：群众出嘴，干部出腿。简洁明了，一听就懂。

这栋西楼村里投资了80万元，县民政局为他们添置了价值10万元的设施。

谁说农村落后没文化？那是因为穷！一个“穷”字背在农村人的身上，就遮盖住了他们善良质朴的天性，遮住了他们快乐向上的光芒。一旦农民在经济上翻了身，那么他们的精神面貌会为之一新，文化也就一路高歌，绚烂多姿。

原先五年换了四任村支书，只有五六间陈旧的办公房，连办公用的桌子，都是靠在计划生育中罚超生户买的。你说全海文化不落后，谁信呢？

而你现在来看全海，有广场，有花园，有光荣榜，还有国学讲堂、图书室，你怎么可以认为全海农民没有文化？群众是讲究邻里之情的。群众有困难，你伸出手去帮，那么在接下来的工作中，他就会很好地配合你。这也许就是尊严吧！在村里，夏永如果抱抱谁家的孩子，大人也感到很高兴；能坐在谁家门口叙叙家常，谁就觉得很贴心。

在西楼筹建之前，首先想到的是村容村貌的整理。

夏永首先想到的是把道路硬化起来。没有路怎么联通天下？那些土路不能再走了，它走不远。铺路的钱由村里出，铺到谁家门口，村里再给1000元奖励；铺完了路，各家各户再改厕，村里还建成了2座水冲厕所；接着是绿化，村里买来20000多棵景观树，要叫仝海美起来；绿化有了，也要亮化，村里3.7公里的主干道上安装了106盏路灯，彻底告别农村夜晚漆黑一片的历史。全村的保洁费由村集体垫付。

夏永对老人们说："仝海村的老人，今天必须要干干净净居家过日子，不能再像过去那样，人没到，气味就先到了。发给大家澡票，你要用！仝海老人从此要改变，因为大家生活好了，腰里有钱了！"

给老人发了澡票，那么关注年轻人的什么呢？关注少年儿童的什么呢？他们除了吃得饱，吃得好，洗得干净，穿得体面，还要有文化。那首歌是怎么唱的？"再也不能这样活，再也不能那样过。"文化服务中心要有儿童乐园，有舞蹈房，装了空调，冬暖夏凉。早上八点开门，随时可以来。那些滑梯呀玩具啊，城里有的，仝海也要有。图书室里举行全村硬笔书法大赛，孩子作品获了奖，奖励借书卡一张，可以免费借书，不能把图书室当成一个摆设，要鼓励孩子从小多读书，读好书，养成学习知识的好习惯。仝海人有了文化，就是不一样。镇委书记和村里老百姓的书法作品放在一起展览。党建一引领，群众就呼应，工作就顺畅。

文化服务中心装修了村民舞蹈房，又被学校幼儿园老师相中了，他们提出来租用这个舞蹈房，教孩子们跳舞，年租金4000元。夏永说："行，支持。但有一个条件。"

老师问："什么条件？"

夏永说："你们光教孩子跳舞不行，还要把想学跳舞的村民教会。你把他们教会了，教好了，这4000元租金，当作奖金发给你们了，这样好不好？"

老师高兴了，说："好，保证做到，一言为定。"

夏永安排，把全村的文化墙美化起来，主题是"勤俭孝廉仁义礼智信"。中华民族的优良传统文化要继承和发扬，百姓不能忘。然后评选"好媳妇""身边好人""优秀党员"，树立学习榜样，弘扬社会主义新风尚。

2020年9月9日，仝海村举行了大学新生和研究生奖学金颁发仪式。全村老百姓来了，镇领导来了。杨乐乐、邱原野、朱秋羽等10名大学生和朱敏、胡方昱、潘钢3名研究生，分别领到了2000至3000元不等的奖学金。大家那个羡慕啊，都摆到了脸上。把孩子培养成材，为国为家争荣光，已经是全村人的共识，否则也没有那么多的仝海人，孩子还没上小学，就在城里买了学区房，都是为了孩子上好学，成好材。有人美其名曰"孟母三迁"！

仝海设立奖学金制度，是从2014年开始的。那就是在省委扶贫队帮扶仝海村两年之后，村里有了钱才设立的。七年时间，全村有48名学子领到了奖学金。其中村民朱有珍的孙女考取了清华本科，韩家园的儿子考取了北大研究生。在全县好多好多年了，只听说在仝海有农民子弟考上了清华、北大，没有听说别的村庄有谁考上的。这是一个了不起的仝海。夏永说，考取清华的学子，村里奖励5000元，他又协调了镇里奖励她5000元，共计奖励1万元。考取研究生的在上大学时已经奖励过了，但因为又考取了研究生，村里再给奖励。

夏永说："仝海村历史上分分合合，六易其名。过去是穷出了名，否则怎么会被定为省级经济薄弱村？"省扶贫队来了之后，从2015年开始，村集体经济收入连年超过百万元。为了提升仝海村外部形象，夏永和朱正杰、夏恒报等人倡议，不花集体一分钱，号召在外创业成功的仝海人自发捐款建造仝海牌坊。朱正杰捐了3万元，夏恒报、朱峰、蒋立军每人捐了1万元，朱冬、邱振、朱贤来每人捐了5000元。夏永捐献了一年的工资9984元。主动捐款的共有52人，超过20万元。夏永说："建造牌坊结余的钱，留作村民的大病救助款！"

夏永是一个有情怀的仝海人、带头人。他建立了一个微信群，群名就叫"仝海人"，在外打拼创业务工的仝海人，差不多都进群了。

夏永原来还担心，在"仝海人"的圈子里，可能什么杂音都会出现，甚至会有人跳出来骂村组干部。结果，没有出现。

朱条组的韩方在群里说："哥，我小时候，你骑摩托车带我去学校打篮球，还给我买了一瓶水蜜桃味的饮料喝。那个时候，村里就你有一辆摩托车，你还记得吧？十八年过去了，你现在还是我们仝海村的一哥！"

开网店的李聪在群里说："俺书记，村里沟里的水都黑了，你打算怎么弄？"

夏永还没有回复，其他群众就说开了："你这不是叫夏书记难堪吗？这些烦心的事，你私下和书记单独交流吧。"

夏永把建造牌坊结余的捐款用途，公布在了"仝海人"的群里。群里炸开了锅，有的说要做仝海大米的代理，有的说要回母校仝海小学去看看，有的说要叫自己务工的公司吃上仝海大米。有的说："书记，再需要捐款你吱声！"当夏永把因大病返贫户的图片发到群里，有的人直接把红包发到村会计那里去了。

真像朱贤君说的那样，仝海人不仅有人品，更有党品。是党品带动了人品。

夏永说："有了'仝海人'的拥护和支持，离干成事、干好事还会远吗？"

王翠和张延威是"仝海人"微信群的管理员。夏永交代，要随时关注群里的动态，与群员沟通。于是，这群越做越大，达到上限500人了，但还是有人要进群。

要不要建个“仝海人2群”呢？夏永说，建议每个村民小组建立自己的群吧。于是，各个村民小组开始有了自己的微信群。

“这个群里发红包吗？”我问张延威。

“发，怎么不发，尤其是逢年过节时。”

“夏永发吗？”

“发！不发大家一齐喊他出来发。”

“他发多大的包？”

“他一发都是大包，有50的、100的、200的。群太大了，人多，再大的包，几秒钟就抢完了，然后还叫他发。”

“他会继续发吗？”

“他发几个就跑了，喊也喊不回来。”

“他不抢红包吗？”

“他不抢。他也不敢抢。一冒泡大家就知道他还在，还得起哄叫他发。他为的就是一个群的活跃、团结。他看大家热闹起来了，他就走了。”

然后，我知道了这些仝海村在外创业、务工的大大小小的老板们是多么关注家乡仝海的变化。他们通过微信知道了村里的情况，知道了家里的情况，知道了老人、孩子的情况。

“我家里怎么没自来水了？”

“我家下水道怎么堵了呢？”

“组里的地漏坏了，怎么办？”

无论是王翠还是张延威，看到这样的信息，会马上与有关维修人员联系上，并把双方的号码告诉对方，让他们保持联系，快速解决问题。解决不了的，村“两委”去解决。

村里的一举一动，在外地的仝海人都知道。

在外的仝海人的情况，家里人也一清二楚。

这个“仝海人”微信群，让仝海变成了一个大社区，村“两委”就是进行管理的大物业。他们相信群主和管理员，他们热爱自己的群。他们的目的是过上富足又平安无忧的日子。

是的，仝海人不满足于小富即安，小康才是长远的。像长江村那样，才是大目标。

过去，农民离开了土地就不是农民，土地是农民的安身立命之本。而在今天，时代不一样了，离开土地的农民照样是一个好农民。发展农村经济，做大做强农村产业，致富一方百姓，这才是小康路上的题中之义、应有之义，党员干部时时刻刻不能忘记。上辈人说贫农光荣；现在人说富民光荣，腰包鼓起来更光荣。坐在村干部的位子上，干的就是让群众满意的事。优质水稻种了，米厂建了，不是说一切都不用辛苦了，不用拼搏了，要做的事还有很多。苦钱苦钱，不苦哪来的钱？劳动创造财富，智慧闯开门路，村集体有了钱，才有凝聚力，说话才有力量，百姓才能信你。现在政府给你致富政策，种粮给补贴。政府给指路，只要你认路，没有什么干不好的。

夏永说，强村是为了富民，不为了富民，一没有必要，二没有意义。现在最要紧的事是把群众从一亩多地中解放出来，放开手脚去赚钱。

20世纪80年代实行家庭联产承包责任制，解决了老百姓的温饱问题，现在种一亩粮食可以解决五口人的吃饭问题，剩下的四口人干什么？去务工，去外地务工，去附近务工。务一天工挣的钱可以买几百斤粮食，可以获得更多的幸福感。把农民的土地流转出来，给村农业合作社，给种粮大户。老百姓流转土地拿租金，然后去自己流转的土地里干活，再拿一份工钱。一个麦季，收麦、栽稻，一个人少的挣大几千，多的挣小一万。在村里打零工的，村集体为他们全年支付工资高达40多万。那些承包猪场、羊舍的村民，那些在家门口企业上班的村民，那些开网店卖家具的村民，挣的就更多了。

仝海的土地，从一粒米做起，做成了一个富仝海的名声和品牌。

但这一切，必须要有一个政治素质过硬的党员干部队伍,必须有一个团结实干的班子。没有这个坚强的堡垒发挥强有力的保障引领作用,是完不成这个神圣使命的。

第三章 夏

毕竟西湖六月中，风光不与四时同。

接天莲叶无穷碧，映日荷花别样红。

——杨万里

第十三节　立夏

仝海幼儿园背后的身影

赤帜插城扉，东君整驾归。
泥新巢燕闹，花尽蜜蜂稀。
槐柳阴初密，帘栊暑尚微。
日斜汤沐罢，熟练试单衣。

——陆游

老村部跟前忽然要建幼儿园！这个消息在仝海村立即四处扩散。

这肯定是夏永书记同意办的幼儿园。

办幼儿园的园长叫王芳。至于是王芳想办幼儿园，还是夏永想办幼儿园，只有王芳和夏永心中明白。他们两个人，站的角度可能不同。

王芳就是仝海村的人。当她向夏永提出想在仝海办一座幼儿园的想法时，二人一拍即合。他连犹豫一下也没有，当即答应："好！支持！"

园址就选择在旧村部跟前，并立即安排为幼儿园腾出办公用房，拉上围墙，确保孩子上园方便安全。所有的出资，全由村里负担。

这一年是2014年，省扶贫队进驻仝海的两年后。这个时候，仝海的集体经济有了收入。有了收入就有了底气，也有了胆气，就可以为村民多办一些实事。

仝海村，一个四千多口人的村，在经济刚刚有了起色的时候，老百姓的腰包还不算太鼓。他们还没有条件像后来那样，买车、买学区房，把孩子送到镇里上学，送县城里上学。

他们最为靠谱的想法就是村里能有一所幼儿园，有一所小学，方便孩子读书。

村里有一所仝海小学，但村里没有幼儿园。夏永想，谁可以来仝海办一所幼儿园？

现在马上有了，王芳要来办了，夏永当然求之不得。

王芳之前在邻县一所小学里做代课老师。她从小在仝海长大，对村里的情况很熟悉，就萌生了回到村里办一所幼儿园的想法。她从凌城中学毕业后，参加培训，考取了教师资格证书。1993年，在邻县做代课教师的王芳结了婚，有了孩子，就感觉不能再在邻县当教师了。她要回到村里，做她热爱的幼儿教师工作。

王芳以为她有了教师资格证，就可以办幼儿园，至于还要办理哪些审批手续，她并不知道。她看到夏永书记如此热情地支持她，信心就更大了。招聘老师，购买用品，为孩子准备服装，整理教室和活动场地。她的丈夫在工地上，没时间帮她。她娘家的三个哥哥和舅家的表弟都过来帮忙，听从王芳的指挥。表弟做装修，哥哥们整场地，她自己招聘幼儿老师，一切筹备工作有序地进行着。

一切就绪，这一年的七月，仝海幼儿园开始招生。令她喜出望外的是，第一学期，来幼儿园报名的孩子就有70多人！后来陆续增加到110多名孩子，有仝海村的，也有周边村的。

夏永的决定，总有他目光所及的远方。他是一个村的书记，是一个掌控前进方向的带头人。发展经济的目的是什么？仅仅是为了腰包鼓起来吗？腰包鼓起来是为了什么？是为更美好的生活。孩子得到更好的教育，就是其中重要内容之一。孩子代表着仝海的未来，而他们代表着仝海的现在，现在就要为未来做好准备，打好基础，赢得未来。那些仝海的孩子，必须从小能得到现代的启蒙教育。要让每一个家庭的孩子，都得到这样的启蒙教育。

这和他决定奖励大学生、研究生的思路是一致的。

所以，当王芳提出，新村部的西楼，是否可以办一个国学讲堂，让孩子从小就接受优秀的传统文化的教育时，夏永仍然是那句话："好！支持！"

王芳为孩子们准备了汉服，穿上之后，孩子们的神采马上不一样了，令家长和村民眼前一亮。那朗朗的"人之初，性本善"的读书声，催开了孩子们心中求知的花朵。

新村部的西楼一楼是为村民提供一条龙服务的便民大厅。服务大厅的西边房间，夏永专门做了精装修，办成了供群众练习的舞蹈房。村部为了村民办了一个舞蹈房，这在2012年之前也是不可想象的。村民就是农民，农民就是种地，种地就种地，怎么还要练习跳舞，专门给装修了一个舞蹈房？那不是城里人才干的事吗？城里人会跳舞，乡下人会种地，天经地义。现在，风水轮流转，今天到仝海了。

这个仝海百姓的舞蹈房被王芳相中了。为什么不可以让上幼儿园的孩子们使用一下呢？

“夏书记，跟你说个事！”

“什么事？你说吧！”

“幼儿园的事。”

“幼儿园有什么事？你快说！”

“村部不是有个舞蹈房吗？”

“有啊！”

“我想租来用用，教幼儿园的孩子们跳舞，行吗？”

“租村部舞蹈房？教孩子跳舞？”

“对啊！”

“那好啊，租给你！”

“一年多少钱呐？”

“我想一下，对比村部东楼出租的价格，这个舞蹈房租金，一年也就4000元吧，贵不贵？”

“不贵，说定了，我租，签协议吧。”

“你别急，你别急。”

“又怎么了？”

“我想一下，你看这样行不行啊？你除了利用村部舞蹈房教孩子，我把想学习舞蹈的仝海村民也给你教。你教会了他们，我把这一年4000元租金，当作奖金奖励给你了！”

“真的？”

“我村支书能说假话吗？当然是真的了！”

“那行，一言为定。凡是想学的，我们包教！”

“好，就这么定了！让仝海村的小孩、大人一起学跳舞！”

夏永看样子比王芳还高兴。他能不高兴吗？一分钱不用花，为村民请来了幼儿园的舞蹈老师！以前，他看到本村的、外村的，都到仝海村部广场上跳舞。有的会还好说，不会的可就难为情了，跳不了，干着急眼馋。现在这个问题解决了。

王芳呢，看中了村里的舞蹈房，为孩子找到了一个练习舞蹈的地方，而且不用幼儿园花一分钱。租金变为奖金又回到幼儿园了。她能不高兴吗？教村民跳舞，举手之劳！教会了村民，和幼儿园的孩子一起跳，更是一件好事。

白天教孩子，晚上教村民，有大娘，有大爷，大的60多岁，小的是才过门不久的小媳妇。他们学得认真，也能放得开，学到流畅时哈哈地开怀大笑，学到尴尬时也弯腰一笑。到了幼儿园搞活动时，大娘、大爷也主动去参加。几个镇集中在邱集镇搞“舞动乡村”活动，仝海村村民的舞姿引来一阵阵掌声，有的人干脆站起来鼓掌！

夏永笑得最开心，他的掌声代表他的心声。

仝海幼儿园的孩子去参加全县儿童演讲比赛，朱玉芳摘得第一名。王芳说，这孩子不仅演讲好，还是村里的节目主持人。

教师节到了，王芳对夏永说："我们想为全村老百姓举行一次汇报演出。"

夏永说："好，演，需要什么？"

"你看能不能给布置个场地，给孩子发个奖励？"

"这事我来办，节目你准备。"

全村都过教师节，欢声笑语连成一片。演出结束后，夏永陪孩子们吃饭，还向老师每人发了500元奖金。

王芳对夏永说："我们仝海村的孩子，舞蹈考级，最高的拿到八级证书了！"

夏永说："继续加油，能拿的争取全拿！"

令人遗憾的是，仝海人日子越来越好了，村小学却被撤掉了，幼儿园也停办了。没有办法，村民大多选择了去镇区和县城。

但村里还有15名孩子不愿意放弃舞蹈。那么，王芳就接着教下去，仍然使用着村部舞蹈房，只是改为每周星期天去教了。王芳总是回忆她带着孩子们去宿迁、山东等地旅游，回忆夏永支持她带孩子去徐州演出的时光。

王芳说："在仝海村办幼儿园，只要是需要的，夏书记都是绝对支持的！"

第十四节　小满

村“两委”里的大学生

梅子金黄杏子肥，麦花雪白菜花稀。

日长篱落无人过，惟有蜻蜓蛱蝶飞。

——范成大

仝海村党支部和村委会班子成员有两位大学本科生。男生叫张延威，女生叫苗群。张延威毕业于青岛海事大学。苗群毕业于常熟理工学院，大学任了四年班里的学习委员，而且在学校里就入了党。我们分别介绍这两位土生土长的仝海村大学生村官。

先说苗群。

现在的苗群，坐在村部党群联系中心，每天忙着为老年人办理意外保险和养老金。苗群说，去年办理时，村里年纪最大的村民已经102岁了，今年去世了。今年办理的村民，90岁以上的有10多位。她很感慨地说，生活水平提高了，环境卫生改善了，精神文明也好了，长寿的老人越来越多！

苗群有些瘦削，精神却很饱满，穿着与当地群众没有根本区别，只是从她的服务态度中尚可看到大学生的素养。苗群出生于1992年，2016年从大学毕业后不久，就结婚了。应该说她是在适婚年龄结的婚，然而她自己对这件事还是有些后悔，或者说遗憾，已有两个孩子的她说还是结婚早了。"农村说早养孩子早得济，我是不是也受到了影响？"

苗群是从邻村嫁到仝海的，丈夫蒋继德是一位做农民电商的小伙子，开了一个家具厂。后来，在企业环境整治中，因为油漆过不了技术关，改做汽车销售。生意才刚刚开始，两个孩子只差两岁。尽管这样，她已经为孩子将来上学早做了打算，在县城买了学区房，140平方米面积，和张延威是买在一起的。孩子在这里上学，去学校步行只要几分钟。

成家后的苗群，心里还是有些想法的，并不甘心于相夫教子，她的青春火焰一直在燃烧。2020年，睢宁县招考村级后备干部，她立刻报了名。尽管离开学校了，但她四年的学习委员也不是白当的，笔试成绩依然优秀。择优录取时，按照就近分配的原则，她自然被分配在仝海村。2021年村“两委”进行改选，她顺理成章进了村党支部，成了支部委员。由后备走向正式干部，分管妇联、计划生育、精神文明建设和妇女儿童权益保护。虽然说是如此分工，但也不是截然分得清。村“两委”职数有限，一共7人。谁的业务忙了她就伸手去帮助。这在村“两委”中，已经形成了一种自觉的风气，大家都是这样。

谈到未来在仝海的奋斗目标，她讲了一个故事。

“我是从李集中学考取常熟理工学院的，分数比二本线多了几分，学的是自动化专业。那时我们学校有一个卓越计划，从报名的学生中选择30多人组成一个卓越班，我就在这个班里。我当学习委员是同学投票投出来的，我得的票数最高，所以当选了。我是国家一级奖学金获得者，学习成绩自然优秀，学校就有意识地培养我，2013年就在学校入了党，那时才刚入学不久啊！你想，我在仝海，能不想和大家一起再创仝海卓越吗？这是我的理想！”

她是那么自信，而且语气坚定。仝海为有这样淳朴而真诚的大学生而无限自豪。

相比于苗群的瘦削，张延威完全是另外一个样子。他身体健硕，精力充沛，走路带风，似乎永不知道疲倦。和许多在农村里长大的小伙子一样，他带着忠厚的微笑。在仝海村“两委”班子中，忠厚和善这句话，用在谁身上也不为过，这几乎成了大家共同的优点，也是他们团结奋斗的一个标志。

1991年出生的张延威比苗群大一岁。他上的高中是与百年老校睢宁中学联办的职教中心，而且是第一届学员。那一届全校有近万名学生。三年学习，他考上了青岛海事大学。一个闯天下的梦想逐渐在他头脑中形成，他想走遍全世界。毕业后他进了大连港集团，只要在这里坚持下去，一年后就可以转正，成为有编制的正式职工。但张延威没有坚持下来，他想去见见世面，换了一家海运公司。

张延威随着香港卓宇的海运船，几乎到遍了东南亚所有的国家。亲眼看见的异国风情让他好奇，更让他大吃一惊的是有些地区人们的贫困与饥饿。甚至有的国家的国民，一辈子就没有穿过鞋子。中国最大码的鞋子，可以穿在他们最小的脚上！张延威把从国内带去的方便面，送给当地的人，他们把方便面放在大锅里煮，拿它当菜吃！这在中国，在我们当初贫困的仝海，也是不可想象的。张延威说："我从心里感觉到生活在中国真幸福！我们最大的愿望是祖国强大！祖国强大富足了，我们心中骄傲！"

在海上漂，很少能回家。2015年的大年三十，张延威从澳大利亚回国，到了正月十七才到张家港。到了张家港，他就认为到仝海了。中国是他的家，江苏是他的家，他迫不及待地下船上岸，向仝海的怀抱扑来。见到了家乡，见到了亲人，他大吃一惊，没有想到家乡的变化如此巨大，他几乎认不出来了。他哪里会知道，早在2012年，省委帮扶工作队就来到了仝海。破旧的老村部不用了，新的村部办公大楼和党群联系中心建起来了，就在他家后面不远处！看到家里人的生活平静无忧，想到那些他亲眼看到的一生都没有穿过鞋的外国人的生活，一种想法油然而生：还是祖国好！还是家乡好！他决定不再走了，他要把自己拴在仝海的土地上。

回来不久后的张延威准备结婚了，对象是他高中时的同学陈武。这一年的10月，张延威和陈武举行了婚礼。当年的同学前来祝贺，张延威发现，他的同学个个都混得不错，相比于他们，他算是最差的一个。可是，曾经在船上，船长看到，当别人已经休息的时候，这名叫张延威的年轻大学生还不休息，仍然在认真地工作着，而这些工作，原本他可以干，也可以不干。船长看到的次数多了，就喜欢上他，问：“你有证吗？”

张延威知道船长问的是驾驶证，说：“有啊！”

船长问：“你想不想去三副啊？”

张延威说：“怎么不想啊！”

正巧，三副请假，张延威被船长安排当了三副。不久，二副有事请假，船长又安排张延威当了二副。工资也从最初的每月几千元上涨到近万元，又从近万元涨到近两万元。他就觉得，自己与同学相比，还必须创出自己的一番事业来。

机缘正巧来了。应了那一句话，机会是给有准备的人预备的。对张延威来说，果然如此。

2017年，张延威所在的邱集镇面向社会公开招聘综合执法局工作人员，他立即报了名，以笔试、面试双第一被录用。张延威的优异表现被仝海村支书夏永发现了，夏永认为这样的大学生是乡村建设需要的人才。当他被提拔为副镇长时，分管筹建农业公司，他就把张延威从镇执法局要到了自己身边，成为他得力的助手和参谋。就这样，一个将军带一个兵，开始了农业公司的筹建。购买农业机械，申报绿色食品验证等业务，夏永安排张延威去做，目的是培养他的实际工作能力。那些材料，比如关于大米，从选种开始直到加工成大米，每一个生产环节，都要准确无误地描述出来。仝海大米、仝海香米、涧桥长粒大米三个品牌的申报材料，叠起来有半米多高，这都要按夏永的要求，一条一条做出来。有时在紧张阶段，张延威必须在夜里加班赶做。有一天深夜一点多，他走向电梯，发现电梯门自动开开合合，这把他吓了一大跳。他断定是电梯坏了，不敢再坐。张延威说，为了这些申报工作，从邱集到县城，半年时间里，他跑了一百趟都不止！

2016年底，夏永问张延威："你是愿意在镇里干呢？还是想回村里干？"

张延威说："我还是回村里去吧。家里流转来500多亩土地，需要人管理。"

夏永说："那你回到仝海去？"

"我回仝海去。"

经过组织部门的考察，张延威被明确为仝海村党务工作者。就在这时，县人力资源与社会保障局面向全县招聘村级协管员。张延威报名应聘，一下就考上了。于是，他身上又多了一个身份：仝海村人社局协管员。现在，他每天忙于党务学习、劳动保障和医疗养老办理。他说，自己的时间根本不够用。想外出一天，与人谈个家庭项目，也去不成。有时村民办事，不挑时间，会直接找到他家里去。

问张延威当了村干部以后的感受，他说："要学的东西太多，要干的事太多。虚心向老同志学习吧。”

“那么，以后如果有更加艰巨的担子交给你干，你会怎么样？”

“那还用说吗？义不容辞，全力以赴啊！”

是的，义不容辞，全力以赴。他现在就是这样干的。每天早上，他要在六点多起床，把当天要干的事理清，送孩子去王林上学，送妻子陈武去县里上班，时间极为有限。赶到村部后，就开始处理手里的业务，而且他的工作，关系到一家一户，每一户都马虎不得。好在，这些工作他已经十分熟练了，对每家每户的情况，也基本掌握了。如果在这期间，突然手机响了，临时有事需要他去办，那么他就得立即暂停手中的工作去办。

他和苗群在县城里都买了房子，考虑的也都是下一代的教育问题。但他还是关注眼下的发展。张延威说：“仝海村要发展，个人家庭也不能丢。你叫老百姓富，自己不富，你还怎么说话？我们村‘两委’人员，人人都有家庭事业，收入也并不比村民少，甚至高于普通村民。我正在思考自己的项目，就是没有时间去谈。”

眼看今年的端午节快要到了，张延威开始盘算收粽叶的活儿。他回到仝海后，找准了端午前后收粽叶这个行业，开始行动，而且立即有了效益，把业务做到周边百里之外。每到这个季节，他要雇用几十口人打零工，从事粽叶收购。他说今年的情况有些严峻，周边已没有那么多粽叶可收了，要提前一个多月布局，到盛产粽叶的地方去收，存放在冷库里，在端午节到来前一个星期左右再出售，有多少卖多少。打粽叶的老百姓，好的一天可以有100多元的收入，少的也有几十元收入。

“我一直在寻思，承包一片地，种植芦苇，叶可以当粽叶，根可以卖中药，浑身都是宝，是一个不错的产业。但在周边，没有种芦苇的地可租。如果仝海有这样的地，我早就承包过来了。”他为此感到很遗憾。

第十五节　芒种

泥土中的哲学

芒种看今日，螳螂应节生。

彤云高下影，鴳鸟往来声。

渌沼莲花放，炎风暑雨情。

相逢问蚕麦，幸得称人情。

——元稹

夏永自担任仝海村党支部书记后，一路走来，风雨随行，并非一路顺畅，心想事成。他总结自己的经验和体会：有迷茫也有坚持，迷茫是变化的，坚持是不变的；有无助也有感动，无助是暂时的，感动是长久的；有遗憾也有收获，遗憾是受经验和环境影响做了错误的决策，而收获就是符合仝海利益的发展和群众的拥护，有看得见、摸得着的成果。不是所有的付出都会有回报，但不付出肯定就没有回报；不是所有的努力都会有结果，但不努力肯定结不了果。只要我们尽力了，无论是什么结果，都值得我们去总结，都是人生奋斗的一部分，都值得我们去回忆，都是仝海宝贵的发展实践。“愿我们全身心地去努力付出，满怀信心地去奋斗。所有的付出，都会在将来有所回报。”

夏永上任之初，也感到肩上的压力不轻。全村情况怎么样？这五间旧村部就说明了一切。如果富裕了，还用得着这些旧房破桌吗？别说仝海人看到了脸红耳热不自信，外头人看见了也叫仝海颜面扫地，无地自容。

这还算好的，毕竟仝海还有一个村部。村部是用来办公的，在这个陈旧的村部里，五年时间有四任书记在这里发过言，表过态，做出过决定。村组干部先后有38人。这38人的想法的落实，在频繁的人事变动中，很难稳定下来，也无法稳定下来。夏永就任村支书，面临最大的问题还不是这个旧村部，而是村组干部的旧思想、旧观念。不改变党员干部的作风，不加强党组织的建设，那么夏永纵有三头六臂，在仝海也是无水之鱼、无翅之鸟，孤掌难鸣、独木难支。想的必须是发展，改的必须是现状。夏永给自己上紧了发条，南跑北奔，取经学习，带领村组干部进行各种尝试，结果发财梦灭。这些群众都看在眼里。如果夏永带领村“两委”就此消沉，那么也就没有后来的仝海了。夏永怎么可以熄了这个心思，吞下失败的苦果而不重整旗鼓，继续上路？

贫穷之村岔头乱，也就是在这个时候，仝海多了一个名头：信访重点村。缠访户不仅给上级增添了麻烦，而且严重阻滞了村里各项事业的发展。信访一票否决制度使仝海村雪上加霜。尽管其他工作的成绩在考核中位于全镇前列，但因信访，不仅没有任何奖励的份，而且村党支部书记还背上了一个处分。有人反对夏永继续干下去。这又回到了频繁更换村党支部书记的恶性循环的老路上去了。夏永也曾一度产生撂挑子的想法。可是，看到村“两委”班子成员和大多数党员群众支持的目光，夏永感到这副挑子还不能撂，要重拾信心，继续向前走。如果被那些无理缠访户缠倒，那还叫党支部吗？那还叫村党支部书记吗？在重压之下，夏永理清矛盾的焦点，思考解决出路，制定具体的措施。一方面，他坚守干部准则，坚决贯彻上级信访的要求，做到群众面前无小事，发现矛盾及早介入调处，敢于冲锋在第一线。另一方面，充分号准群众的思想脉搏，对群众想什么、做什么、需要什么，达到心中有数，对症施策，辩证施策，力争做到大矛盾化小，小矛盾化了。深入践行党的群众路线，加强干群联系，稳定形势不断向好的方向发展，不给缠访户任何机会。

从党建切入，抓党员队伍和村组干部队伍建设，是推动仝海各项事业发展的必由之路。夏永从抓学习制度开始采取措施。

农村居住相对分散，各家都有各家的事。要求党员和村组干部及时参会学习，不缺席不迟到，才有可能保证掌握会议精神，开展好各项工作，但往往这种会议很难开起来。不是张三家中有事，就是李四临时外出。夏永说我们来点小刺激：凡是来参会的人员，每人发放一点生活用品，如毛巾、肥皂、灭蚊药、洗发水等。一是提高他们的积极性，二是改善个人的卫生状况。凡是迟到的必须说明原因，接受批评；请假的如果没有正当理由，一律不批。

邱玲是一位女村干部，家务琐事多。但这不是开会迟到的理由。谁家还没有事？村里的事重要，还是个人家里的事重要？个人家里有事可以适当安排，村党支部的会议必须按时参加。这是雷打不动的制度。这是对别人的尊重，也是对自己的尊重。这是一种责任心、事业心。邱玲第一次迟到了，按规定罚款50元；第二次又迟到了，罚款100元；第三次，准时到了。大家笑她，说这些卫生用品，都让邱玲出钱买了，她就不该准时参会。邱玲也笑了，说谁想花钱买，下次也迟到吧。

村委会副主任张彦胜就是另外一种样子。他一而再，再而三地挑战学习制度和值班制度。一次罚他100元，他根本不在乎。张彦胜有一双巧手、一个智慧灵活的大脑，干些小工程一天就能挣个小几百、大几百元。一两百元罚款，会挣钱的张彦胜根本不心疼，影响不了他的想法。行，不是不心疼吗？不是影响不了想法吗？那我们换一种方式，缺席一次，一步到位，罚一个月的工资。大伙一看夏永玩真的了，纷纷为张彦胜求情。

“夏书记，少罚一点吧。让他知道就行了，下次改正。”

“他不是不在乎、不心疼吗，他不是挣到钱了吗？少一分也不行。”

“谁说他不心疼，你看他脸色都变了。”

“脸色变了不行，行动了才行。”

“那罚他10天工资吧，实在不行，罚半个月的呢？”

“一个月的，话已出口，驷马难追。再说，这也不是针对他一个人的。他不改，就照狠了罚，罚得他心惊肉跳，罚得他脸面无光，罚得他肉疼骨子也疼！”

“可是我们村‘两委’的人都在为他向你求情啊！给他一次将功补过的机会吧。”

将功补过？这倒是一个不错的想法。

夏永说：“看来你们都和张副主任相处得不错，可能是平时喝他的小酒喝多了。吃人嘴软，拿人手短，都来为他求情。”

大家知道夏永这句是玩笑话。在仝海村，“两委”干部是不允许使用公款聚餐的。聚餐喝点小酒，都是个人出钱，比如张彦胜、王礼随、张延威，他们在农忙季节都有一些小工程要做。挣到钱了，大家欢喜一场，就聚餐一次。“两委”班子人不会喝酒，一大桌子的人，喝不完一瓶酒，有的人干脆就是一杯倒。所谓聚餐，就是多弄几个菜，一人一碗面或其他什么，吃完走人，简单得很。这种聚会，夏永如果有时间，也会参加。

夏永说，按照镇里安排，村里进行工矿废地整理，交给张副主任负责的那个片是重点，限他10天内完成清障工作。在这10天里，他还不得牵扯村里的精力，不得再向村里提出什么要求。他在10天内完成了，村里不罚他的工资，还加倍另外给他工资。

张彦胜喜出望外，说：“这个行，保证按时完成任务，不给村里添任何麻烦，天大的事由我自己扛。”

张彦胜挖过树，他负责的这一片清障工作，最大的困难就是清理树，大大小小1000多棵，难度不小，时间也有限。张彦胜亲自出马，找来6个曾经一起挖树的老伙计，来帮助他清理，工资由他张彦胜出。本来夏永给他10天时间，但张彦胜抓紧一切时间，加上他们又是挖树的行家里手，工具齐全，方法灵活，只用了7天就完成了废地清理任务，共清理出良田50亩。夏永也如期兑现了自己的承诺。

受此启发，村党支部决定，村集体拿出10万元，用来提高村组干部的工资待遇。这一举动，直接改善了工作作风，干部们为百姓办事的热情明显提高了。村干部准时上下班，老百姓来村里办事，随到随办。

党员干部良好的精神面貌促进了工作逐渐走上正轨。村党支部两年评选一次优秀党员，奖品最好的发过自动洗衣机。这哪里是奖品的事？对全村党员干部的激励，是多少台洗衣机无法换来的。群众说，这个奖评得好，是为服务俺老百姓评的！

为了更好地服务村民，村里除了认真落实“三会一课”，组织党员干部接受远程教育外，还开展了“三先三自两征求”活动。重大事项党员先知道、先讨论、先执行，做到自觉、自愿、自选，并在落实中征求党员意见和群众意见。这些活动让有能力的党员身体力行服务群众，密切联系群众，激发共同的政治荣誉感和责任感，极大地调动了党员参政议政的热情，树立了党员在群众心目中的好形象，巩固了村党支部在群众心目中的地位。

第十六节　夏至

社会主义村庄，共产主义家庭

天惟不穷人，旱甚雨辄至。

麦乾春泽匝，禾槁夏雷坠。

一年失二雨，廪实真不继。

我穷本人穷，得饱天所畀。

夺禄十五年，有田颍川涘。

躬耕力不足，分获中自愧。

余功治室庐，弃积沾狗彘。

久养无用身，未识彼天意。

——苏辙

我与仝海村张彦胜交流了一上午，突然冒出一句话："你这仝海村是社会主义的村庄，你张彦胜家是共产主义的家庭！"他听了就嘿嘿地笑，说日子就是这样过的。

58岁的张彦胜说他属虎。他面善忠厚，肤色黑而有光，身体硬朗，一顶棒球帽遮住了纯良的目光。他当过瓦工，会电焊，会育秧，会伐树，会持家。

这一天我们在仝海村部交流时，"全国脱贫攻坚总结表彰大会"正在北京召开。习近平总书记向全世界宣布：我国脱贫攻坚战取得了全面胜利！他还说，贫困群众的精神世界在脱贫攻坚中得到充实和升华，信心更坚、脑子更活、心气更足，发生了从内而外的深刻改变！

后来仔细体会，习总书记的话，好像是在说张彦胜。

张彦胜有两个儿子，全在外打工。家里有房，两个儿子又都在县城买了房。大儿媳妇在农忙时，还会回来帮助栽稻，知道地在哪里；二儿媳妇就不知道家里地在哪里了，只知道在城里开店做窗帘。

今年春节，张彦胜杀了一头500斤重的大肥猪，价值一万多元，只卖一小部分给乡亲，绝大部分留自家享用了。

他花一千大几，买了一头羊，杀了过年。又买了500元生牛肉、200元各种各样的鱼、一整箱冻虾，女儿送来700元香肠，他另外又买了一箱。年三十中午开了一瓶新酒，过大年，全家喝了一两。大年初一，不能喝剩酒，又开了一瓶新酒，也是只喝了一两。两天开了两瓶酒，两瓶只喝了二两酒，张彦胜喜滋滋地说全家人和村干部一样，都不会喝酒。在这个春节，张彦胜把自己积攒的钱分给两个儿子，每人8万，孙子辈的共4个，每人发600元压岁钱。张彦胜86岁高龄的老母亲在一旁看得直开心。是的啊，她能不开心吗？这一家人四代同堂，至今没分家。老母亲平时在二孙子家过，她高兴了想去谁家就去谁家。张彦胜说："两个儿子的米、面、油都是我买好了的，他们尽管来拿。日常生活买菜是他们自己来的。如果他们带小孩回来，到村里超市买东西，记的都是我的账，我去还。遇到村里红白喜事，白事记我的名字，红事记两个儿子的名字，礼钱全由我来出。我挣的钱不给他们花，还能给谁花？"

张彦胜笑得十分开心。我就是在这时说他的家庭是"共产主义的家庭"的。张彦胜并不反对。

接着我们来说全海这个社会主义的村庄。

先说土地。在人们心中，自古以来，一说到土地，就与农民分不开。在全海，要把土地从农民手中解放出去，把土地流出去。流给谁？流给种植大户，流给农业公司。虽然还是两条腿走路，走的却是不一样的路。农民从土地的束缚中解放出来以后，天地立马变得广阔了，可选择的方式多了起来。他们流出了土地却流进来了财富，有了喜人的收获。

在插秧季节，稻秧返青，一片绿色的海，长势喜人，齐刷刷地向上。到了秋天，那可是一片金灿灿的海啊！阳光一样的颜色围抱着村庄，围抱着生活的理想。张彦胜说："全村没种水稻的地，也就是零零星星两三百亩。老百姓种稻，基本上实现机械化了。收了稻子，有许多在地头就出售了，连自己吃的也不留，或留得很少。我们庄上的人家，烧锅冒烟做饭的，也只有两三家。我家收上来稻子，从来不留，主食煎饼馒头，都是去买来吃的。即使需要吃米，也是去买现成的。农村早已经没有米坊、面坊了。流转土地时，有些户不愿意流转，可种了年把，又不再自己种了，主动要求把土地流转了。流转了土地，自己可以出去打工啊，一个月收入万把块钱，俺庄有六七个，比种地划算啊。"

把农民的双手从土地上解放出来，这个理念是夏永在仝海村首先提出来的。也不是因为夏永在仝海村当村支书，他一提出来就是真理，就一定正确，而是仝海村人在实践中尝到了双手被解放出来的甜头，才认为他说的正确，是为仝海村人想的，想得好！

如果说仝海是一片金色的稻海，那么它所有的颜色都是阳光的波涛，仝海村民就是那一株株稻子。当稻子成熟时，会低下头，那是对土地的一份感恩。否则，它们宁愿站在那里，向远方投去渴望的目光，不愿意虚度美好的时光，不愿意错过宝贵的季节。那是稻子的一生。夏永和仝海的村民，谁也不愿意亏待仝海稻子的一生。

据有关权威资料介绍，水稻是世界三大主粮之一，养活了全球约一半的人口。2005年，中国社科院考古研究所研究员在上山遗址找到了一粒“万年米”，吸引了全世界的目光。可见从古至今，稻米对人类生活有着多么重要的影响。

“万年米”是浙江浦江县上山遗址先民驯化的野生稻。由野生稻驯化为栽培稻，稻米开始成为人类重要的粮食。后又在河姆渡遗址考古发现了距今7000—4000年的大量碳化稻米，甚至还有粮仓，进一步说明稻米已经成为当时人们的主要食物。只是后来，由于我国南方多洪涝灾害，稻米的痕迹消失了很久。直至唐朝时期，才再次映入人们眼帘。

唐朝时期，曲辕犁的出现使水稻可以在贫瘠的土地上种植，梯田也随之出现，南方越来越多的人开始吃上大米了。到了宋朝，优势明显的占城稻出现。北宋引进的占城稻早熟、耐旱、粒细，一年可以种两季，稻米产量的增加供养了更多的人口，使中国人口在北宋时期第一次超过6000万。

20世纪50年代，我国第一次培育出矮秆稻。中国南方经常刮台风，高秆稻经常出现倒伏，严重影响产量；而矮秆稻的优势就是抗倒伏，耐肥高产，这在南方极受农民欢迎。

20世纪60年代，袁隆平开始进行杂交水稻的研究，我国水稻产量实现第二次大突破，单产比之前品种提高了20%—30%，多次打破世界粳稻单产记录，其技术还被推广到全球各地。

1996年，我国正式启动“超级稻”研究。在研究人员的努力下，我国水稻产量不断翻倍。如今，大米已成为全世界人们最主要的粮食作物。21世纪，中国水稻研究继续发展，大米的口感好，还富含各种营养物质。张彦胜说：“仝海水稻育秧中就有21个品种，一亩地试种一种。仝海大米远近闻名，适合不同人群需要的大米都在生产系列之中。万年变迁一粒米，如今仝海‘稻’当家。中国人的饭碗，因为有自己生产的大米，一定会端稳了！”

我问：“村里给不给困难群众送大米啊？”

张彦胜呵呵地笑起来，说：“送啊！仝海有的是大米。我准备的只是我一家，村里准备的可就不是一家，会计那都有账，具体数字王翠知道。不仅送大米，米、面、油全送，有的户还送钱。修桥铺路，不向村民筹钱。万事和为贵，共产党领导的，就是讲一个‘和’字，和气生财。村部党群服务中心的正面墙上，就有一个红红的、大大的‘和’字，中国印，下面几个字是‘和谐仝海　幸福民生’。‘和’是仝海村的文化。所以，我们村的民风好，‘两委’班子讲团结，讲乡情，讲民情。村民家里有房，院里有车，手里有钱。干活有干活的车，出门玩有玩的车。讲究吃好、玩好、住好、孩子教育好。仝海人家里来亲戚、朋友，没有在家里吃饭的，全都上饭店。吃过喝过抹嘴走人，省事。村部的那家小饭店租的是村部东楼一楼，有时还订不到桌，每天散吃都有十几桌。”

对那些穷困和饥饿记忆犹新的村民来说，这是不可想象的，更是不可思议的。就感觉冬天的冰雪还没有融化彻底，春天就来了，村里村外的桃花、杏花开了。他们就忽地走出了曾经的困惑，来品尝春天带来的阳光和温暖。仝海，一片春光。

“现在仝海人的居家生活，和城里人没有多大区别，共产党的领导，能啊！开天辟地，让农民过上今天的日子，谁能做到？共产党能做到！”

第十七节　小暑

村支委里的女医生

小暑夏弦应，徵音商管初。

愿赍长命缕，来续大恩馀。

三殿褰珠箔，群官上玉除。

助阳尝麦彘，顺节进龟鱼。

甘露垂天酒，芝花捧御书。

合丹同蝘蜓，灰骨共蟾蜍。

今日伤蛇意，衔珠遂阙如。

——张说

仝海卫生室里，坐在我面前的女医生戴着口罩，她不拿下来，小心翼翼地望着我。你猜不出她的年龄，她的两只眼睛晶晶亮。我问她叫什么。她对我说叫朱萍。我误听成了朱婷，便想，此朱婷不是彼朱婷。那个朱婷为国家打排球，在世界上打出了名，几乎无人不晓；这个朱婷在乡村当女医生，仝海老百姓肯定都知道她。

我问："你多高？"

"一米七几吧。我上中学时是校体育队的。"

"你打排球？"

"不。"

"你打篮球？"

"不。"

"那你练的是什么？"

"跳高、跳远、铁饼、中长跑。"

"你练这么多项？"

"学校体育队啊！"

"你铁饼能扔多远？"

她想了一下，说："大概是二十八九米吧。我跳高成绩至今仍然保持着学校纪录。”

“还没有人打破？”

“听说还没有。”

这么说，她与打排球的朱婷还是有点联系的。我说你这么高的个子也不亏了。

她笑，说：“在学校时男生都怕我。”

“你会揍他们？”

“不是。我也不知道他们为什么怕我，可能是个子比他们还高吧。”

我说：“大概是。”

她说：“他们可能是羡慕，不是怕。”

我说：“你这个个子，回到家干活也不吃亏。”

她情绪高涨起来，但依然没有摘口罩。她向我挥了一下手臂，做了一个扔铁饼的动作，说：“你看，扔铁饼得这么扔吧？把手臂甩开，这样的！”

我看了说：“是这样的。”

“我去工地刮大白。工头说我起码要学十天半个月才能学会刮的标准。我说用不了。他不信。结果呢？我一天就学会了，刮过关了。我扔过铁饼，刮大白动作和扔铁饼差不多，都得把胳膊抡起来，这样，这样。你得有力气，还得用匀了。我一天就会，工头儿直愣，他一点也不相信。不相信也没办法，我毕竟一天学会了。”

“你学刮大白，怎么又当了乡村医生？”

“我母亲是位乡村医生，在高楼村。她的同事是王林医院院长。后来分田到户，家里没有人干活，我母亲就不再当乡村医生，回家种地了。后来，我母亲的同事——那位院长又要招我母亲回去。我母亲说，她年龄大了，回不去了，等小孩长大了，叫他们回去吧。我初中毕业后，医院院长就支持母亲让我考卫校。我就考上了河南商丘卫校。上了三年，毕业后在王林医院干了一年多，就被安排做了乡村医生，放到了村里。从1997年参加工作到现在，有24年了。在家里，我是老大，还有两个妹妹、一个弟弟。我参加工作了，最起码对家里有帮助，那个时候，家里还是比较困难的。

“我是2009年入的党，还是前两届仝海党支部委员。”

我说：“还真没有看出来。”

“我丈夫是2004年在镇企里入的党。看他入了党，我就想我什么时候能够入党。我找到村支书夏永，我说：‘我想入党！’

“夏永书记问我：‘你想入党？’

“我说：‘我想！’

“夏书记说：‘那你写入党申请书啊！’

“我把入党申请书交给夏书记后，他说：‘你还真积极。这么快，觉悟不低啊！’

“我说：‘我对象是党员，我就想入党。’

“后来，夏永书记就成了我的入党介绍人。村里党支部换届选举时，我因为照顾病人，没有在现场。会后夏永书记通知我，我被推选为支委了。我就感到很奇怪，对他说：‘我每天都这么忙，没有时间为村里干事啊。’

“他说：‘你把你的本职工作做好，把村里健康卫生做好，就行了。’

“我说：‘这个不用说，是我该干的。’我就成了连续两届的村支委。直到去年换届选举，像王翠、苗群等女党员成长起来了，我因年龄退出了党支部班子。我当支委还有三户帮扶户，支委不干了，帮扶户还在帮呢。逢年过节，会买东西去看望慰问，平时要去为他们检查身体。有时他们来看小毛病，医疗费和拿药钱都免了，由我替他们出。

“我在村卫生室，除了为村民看病，还要做好卫生防疫、疫情防控工作。去年春天，丈夫在防控点，我在村卫生室，都是共产党员啊，一连好几十天，都不能回家。小孩一个人在家，吃吃喝喝全是他自己处理。好在下楼就有超市，不用出小区，他也坚持下来了。

“你看这桌子上的登记表，有儿保、妇保、老年保，有死亡记录、出生记录、怀孕记录。每一位村民从生到死，这儿都有记录，卫生室都要关心。

“在村里卫生室，十几年来一直是全科医生。村里人生病，什么病都会有，你知道会生什么病？来了就得看。看不了的要给一个建议。一要减少他们痛苦，二要减少他们花钱。这些都是必须做到的。这是一名乡村医生的职责。夏永书记在我当支委时说过的话，我至今还记得。他说：‘我们村年轻党员少，没有几个。我是一个拉车的人，你们是推车的人，我要拉好，你们要推好。劲要使匀了，别有人使劲，有人不使劲，那就容易把车拉翻了。通过几年努力，把仝海建成百万元村，大家为老百姓办事就好办了。’所以，我得用心把自己的事办好。把老百姓的事当成自己的事，把村里的事当成自己的事，大家都是这样的。”

“你作为仝海的乡村医生，在这里工作了20多年，你感觉医疗卫生、群众健康有了哪些变化？”

“有啊，有啊！第一个是群众看病欠账的少了，几乎没有。过去看病欠钱是常事；现在一个是可以刷卡，一个是群众身上有钱了，都交现金，不欠账。再一个是得腹泻病的明显减少了。过去环境卫生太差，每到夏天，到水稻插秧季节，哪天没有十个八个得腹泻病的人？有时卫生室都是满满的来挂水的人。现在，一年也就有十个八个的，一年得这病的人比过去一天的都少！第三个是小孩来看病的少了。家家都有车，小孩一有头疼脑热的，不是开车去镇上医院，就是去县上医院。方便啊！小孩又珍贵，家里又不缺钱。这些变化太明显了！”

“这个你最有发言权。”我说。

朱萍听了，拿下了口罩，对我笑着说：“这个当然了，我就是干这个的。我读了三年卫校，工作后又在新沂卫校进修了三年，拿到了乡村职业助理医师的证书，我说的肯定都是职业体会。人命关天，马虎不得。感受当然比一般人深！”

她看了看我，又似乎是在补充她说的理由：“我是2007年在县城买的房子。我现在一个月工资1680元，其他加在一起，也就2000多元。我丈夫比我挣的多多了。他搞建筑，在工地上干！买房、买车靠的全是他。我们买了房子之后，去县城镇上买房的人越来越多，我们庄上就有七八十户。我是2015年买的车，现在村子里哪家还没有车？带小孩去县城看病和步行来村里看，用的时间都差不多！还有，村里80岁以上的老人多的是，90多岁的也常见。”

哦！

朱萍的话，后来被验证不虚。

去看夏新江之前，我问张延威：“夏新江是谁？现在在哪儿？”我在村部门前的文化广场上看到立起的人物光荣榜上有叫夏新江的，就这么问他。

张延威说:“夏新江就是夏永的三爷,早先当过村支书,现在在仝海米厂当会计,就是他把夏永培养成了村干部。我们现在就去见他。”

没见到夏新江之前,我先见到了在仝海米厂打工的一位仝海村民。他说他爷爷今年98岁了,一天三顿酒,一天能喝斤把。我听了就很吃惊,这么大的年龄,一天还可以喝斤把白酒,了不得!仝海人这么长寿,看来朱萍说的话不虚。

我后来见到了这位叫张其付的老人。他才从床上起来,戴一顶旧时老头线帽,拄根拐杖,着一件半西式黑色棉袄。我问他:“你老今年98岁了?”

他的豁牙一露,笑着说:“我嫂子比我还大,大一岁,今年都99岁了。”他说他哥去年去世了,活了101岁,不然今年就102岁了。

他说他喝酒不假,但一天喝不了斤把了。张延威说:“你别信他。他去买酒,我看过,用塑料桶装的,几天就去买一回。现在家里人不给他喝那么多,要也不给。”

张老人说:“我不喝酒吃不下饭,喝过酒就可以喝一碗稀饭。不能吃肉了,也不给我鱼吃,怕刺扎到我。只能吃鸡蛋、青菜、豆腐,喝稀饭。”老人说完就笑,笑得很天真。然后说:“就是天天好做梦。过去赶几十里地去卖辣椒,现在走不动了。只能到门口去晒晒太阳!”

老人还抽烟，抽的是旱烟，在王林街上买的，他说：“我抽得不多，一天也就三五袋。”他又笑着说：“抽烟也会醉！醉了就睡觉，一天睡到晚，两天睡到黑，睡得身子疼，也不知哪疼。”

我问：“你老上一代人都长寿？”

他说：“哪有？都才活60多岁。那会儿60多岁就算是长寿了。哪像现在的人活这么大！现在一年到头有米有面，那个时候哪儿有？”

我也笑。看他的重孙把他的拐杖拿出去自己玩了，他也不管。他又说：“我年轻时吃肉喝酒，有次煮了十几斤猪肉，装在蒲包里，半夜也起来吃，几天就吃完了。”看样子他很怀念年轻时吃猪肉的美好感觉。

离开张姓老人，刚到村口路上，有一个大约60岁的又矮又瘦的村民追上我问：“我家还有一位老人，你可去看看？”

我说：“是前边那位老人的嫂子吗？99岁了？”

他说：“对对，就是的！”

我就猜想，这个人可能就是那位99岁老人的儿子。他叫我去看，估计是为家里有一位99岁的老人感到很自豪。

仝海老人长寿，这其中有朱萍做出的努力。虽然她不再是村支委了，但是，一名党员的责任肯定还在她心里。否则，她为什么会告诉我，村里有那么多的长寿老人？

第十八节　大暑

赶上的都是好时运

老柳蜩螗噪，荒庭熠耀流。

人情正苦暑，物怎已惊秋。

月下濯寒水，风前梳白头。

如何夜半客，束带谒公侯。

——司马光

邱述江，80岁，一生赶上好时运。听党话，跟党走，这条道路选得对！

上面的这些话，除了“一生赶上好时运”这句是他自己说的，另外的话是我替他总结的。他说了一大堆心里话，总结起来就是这几句，没有更多，只会更精辟。

我去拜访这位名声在外的仝海村合并前的老书记。坐北朝南的院子很深，没有院墙，大约是为了开车进出比较方便。门东面是一座厂房，这是他孙子开的家具车间，各种设施摆放得井井有条。谈话中，老书记在关心孙子家具厂的事，问他的用工问题。我听到老书记说：“给你3万元，你还不抓紧去买车？”孙子说：“不用，再等几天。”老书记也就不再问这件事了。我说：“你给了3万元？他开家具厂，难道他买车还需要你给他钱？”老书记说：“不给他给谁？”我问家具厂一年能挣多少钱。他说不多，也就几十万吧。问他孙子，也连说不多不多，就这些。

去的时候，老书记邱述江坐在门楼里，好像正和什么人说话，看到我们来了，立马站起来与我们热情地握手。来的时候听说他有点耳聋，到跟前一看，发现他并不聋。可能是我把耳聋想象得太严重了，觉得非得大声对他喊话不可。实际正常讲话，他听得清楚。只是引导我们去堂屋坐的时候，腿脚有些不灵活。但他说毛病不在腿上，而是在胳膊上，每年都疼，不止一次地疼，疼起来受不了，疼得在地上打滚。一疼起来就要叫救护车，拉去住院，从去年到今年，已经去了8次了，花了有20多万了。“胳膊疼，医生在我大腿上做手术。腿上放了8个支架，一边放了6个，一边放了2个。”他好像怎么也弄不明白，为什么自己胳膊疼，医生要在腿上动手术。他说：“手术费用报销70%，我个人贴了8万元。”他孙子说他得的是心绞痛，心脏安了起搏器。这个病该怎么治，一般人是弄不明白的，专家才清楚。

邱述江老书记的声音洪亮，气色也很好。我说：“你底气十足。”他笑说：“我这个人，一辈子时运最好，什么好事都赶上了。就是这个胳膊疼赶上了不好。”

然后他对我说：“我是1964年当的村支书。第一年入的党，第二年当的村支书，是突击入党提干！那个时候，困难啊，最大的困难是群众没有粮食吃，草根、树皮都吃光了。小麦亩产收不了一百斤，上级的目标是，到了1967年，小麦亩产要过百斤！过百斤就是了不起的大目标，就是使出浑身劲去奋斗的目标。这里的地不长庄稼。到秋天，种的玉米、高粱，一亩地也就是百十来斤。你想，一亩地收不足百斤粮食，还要交公粮，预留30斤种子、10斤牛饲料，分到老百姓手里，只有几十斤！有的甚至根本分不到10斤！人均一亩来地，几十斤粮食，分在全年，有什么用？1973年开始改种水稻，这是共产党提出来的。一开始水稻亩产三四百斤，这已经很好了；后来提高到七八百斤，了不起了；分田到户后，亩产超过了一千斤，说给人听人都不信。”粮食问题逐渐好了起来。只是，无论如何拼命干，连白天加晚上地干，不睡觉地干，还是穷！他也不明白，为什么这么下力气干，村里和老百姓还是这么穷。

邱述江不信治不了穷，他不信老百姓有一双勤劳的大手，吃得了人间苦，受得了天下罪，连一个“穷”字也治不了。他在村里办起了集体副业，开油坊、搞缝纫、做木业、办窑厂，但都没有挣到钱。怎么挣不到钱呢？他们面对的是贫困的农村农民，大家腰包里都是空的，哪里有大钱可挣？一座土窑，万砖万瓦；一包豆腐，也就十斤二十斤。为群众做件衣服，为农民做张桌子，这一切加在一起，一年挣个万把块钱，除去开支，所剩无几，没有集体和群众的了。即使这样，在王林乡算是最好的了，其他村还没有。人均百把几十斤粮食，从午季吃到秋季，从秋季吃到来年春季，干着急没有办法。即便邱述江七窍玲珑，他也不能硬生生地凭空挣到大钱。面对窘境，邱述江虽然无奈，却找不到翻江倒海的致富招数。

就在这时，邱述江得了两个孙子，均为计划外生育。本来按农村的风俗，这该是满庄散红鸡蛋、喝红糖茶的大喜事，县委书记却在全县计划生育干部大会上点名批评了他，当场撤了他的村支书职务。

邱述江早料到会有这么一天，他已经做好了心理准备。他没有任何怨言，认了。

被撤职后，邱述江准备静下心来种好几亩地。令他想不到的是，让他发大财的机会来了。我在想，如果不撤他的村支书的职，遇到这样八辈子也碰不到的发财机会，他会不会以集体的名义干？也许会，也许不会。可他不被撤职，这种机会也不会找到他。

辽河油田来到仝海所在的乡，寻找可以帮他们推销机柴油的能人。有熟悉情况的人知道邱述江被撤职了，认为他是最佳人选，便向辽河油田的人推荐了他。

辽河油田的人找到了邱述江，说明了来意，恳切请他帮忙，并向他讲明了这其中的报酬：一次拉来四车，卖完一车可挣1000元，四车就是4000元，卖多少有多少。邱述江一听，心里盘算了一下，觉得可干，就一口承诺了下来。从此，他的工作就是从脚下开始，跑遍周边的农村，建立关系网，开始为辽河油田推销机柴油。让邱述江想不到的是，生意异常火爆顺畅，这些机柴油大受当地农民的欢迎，他们也信任这位曾经的村支书。

邱述江钱挣得多了。当时没有100元一张的票子，都是10元一张的票面。邱述江挣的钱身上的口袋都装不下——他的钱包太小了。于是他改用装化肥的袋子装。装了也来不及数，直接拉回家。拉回家还是没有时间数，就一袋一袋先放在那里，第二天继续去卖机柴油，等淡季空闲了，慢慢地数。

农闲了，他打开装钱的化肥袋子，一边数钱一边兴奋。这么多的钱，他从来也没有见过，从来也没有梦想过。即便他在村集体办那么多的副业，也没有想到会挣这么多钱。他心花怒放，一股甜蜜的激流在他心中汹涌奔腾。一路数下去，一年挣了20多万。在那个年代，一年挣20多万，相当于后来的200多万。

他决定翻盖房子。农民的富裕，以房子为标志。一旦有了钱，他们首先想到的就是盖房子，把小的改成大的，把矮的改成高的。在仝海村，邱述江第一个盖上了楼房，而且盖了24间！这是农村里最值得骄傲和炫耀的事！看到盖起的高楼，他在半夜里都会笑醒。仝海村有一个自然村叫周楼，可从清朝至今，谁也没见过周楼有楼。传说曾经有过一座庙宇，但上年纪的人谁也没见过，不知在哪一年哪一代消失了。如今，他邱述江盖上了真正的高楼。邱述江说，人的好时运不要多，一次就够！

邱述江想消停下来，安心享受他的劳动成果。就在这时，好运气又来了。事后他总结说，只要忠于党，想为老百姓办事，党和人民总不会忘记他。时任党委书记找他谈话，希望他进乡工业公司当经理，继续为地方发展贡献力量，组织上没有忘记他，一直相信他。对他被撤职的委屈，表示安慰。因为那毕竟是由他儿子两口子做出的决定，他当老子的话，下一代可以听，也可以不听。邱述江无法阻止儿子做出的决定。但政策一视同仁，邱述江被处理也不可网开一面。邱述江说他理解，他没有怨言，然后答应了，走马上任，当上了乡工业公司经理，而且这一干就是八年，直到退休，每月享受5000元的退休金。“我一生遇到的都是好时运。跟共产党走，为老百姓干点实事，这条光明大道，我选对了，走对了！”

老书记邱述江的两个儿子，一个是公交车司机，一个是油罐车司机；三个女儿，大女儿在杭州工作，另两个女儿都是人民教师。他说全家人过年过节聚到一起，有20多口人，热闹得很。

第四章 秋

空山新雨后，天气晚来秋。
明月松间照，清泉石上流。
竹喧归浣女，莲动下渔舟。
随意春芳歇，王孙自可留。

——王维

第十九节　立秋

夏永被党风警告，党员不答应了

碧云天，黄叶地，秋色连波，波上寒烟翠。
山映斜阳天接水，芳草无情，更在斜阳外。

黯乡魂，追旅思，夜夜除非，好梦留人睡。
明月楼高休独倚，酒入愁肠，化作相思泪。

——范仲淹

夏永春风得意地回到仝海，踌躇满志，志在必得。他耳边还回响着在长江村老书记的遗像前跪拜时，那位大执对老书记儿子李洪耀（现任江阴长江村党委书记）说的话：“先别说帮和不帮，单从礼节上来说，我们也应该去仝海村看一看，走一走。”

回到仝海的夏永做梦也想不到的是，风云突变，他被人举报了，举报到县里、市里、省里，举报到国家信访局。这举报人目标明确，不告倒夏永，誓不罢休。举报人说他不是代表自己，而是代表仝海几千名群众。

举报的内容是：

扶贫村村支书买“大奔”，钱从哪来？

农业税返回款装进了谁的腰包？

减灾款减到哪里去了？

水稻直补，补给了谁？

计划生育几万罚款用到哪里去了？

朱条村杨树卖的钱哪里去了？

村支书打手机是谁在付费？

扶贫队的钱，村里为什么没有账？

去长江村求援，还是去苏州游玩？

……

刀刀见血，直击要害。如此看来，仝海村的支部书记贪腐成性，假公济私，雁过拔毛，什么钱都敢用，什么事都敢做，简直是鱼肉乡里，搜刮民脂民膏。如不处理，民愤鼎沸，仝海将毁于村支书夏永一人之手。

上级纪委机关迅速组成专案组，对举报内容一一核实，并给举报人明确回复。

经夏永手，的确买过一辆奔驰轿车，所有手续是他办的，证据确凿。但钱从哪来是个关键。

原来此车是夏永受他老二委托，为他在徐州开的公司所买。公司的业务在不断扩大，没有一台体面的车代步，一不方便，二没面子。

老二说："哥，必须买车了。麻烦你代劳吧。反正我又不懂，也没有时间。"

夏永说："行，你说个标准，我来办好。"

这夏永就在他老二的授意之下，买来了一辆崭新的"大奔"。车买来后，办好一切上路手续，偶尔，夏永也用一下，开回仝海村。夏永认为，开他老二的车回仝海，也不是在炫耀什么，更不是夸富。仝海村人买车，他不是第一个，也不会是最后一个。那不是最好的车，比"大奔"还好的车还有。何况，这是他老二用合法收入买的，不偷不抢，早晚开一回来家，无伤大雅。他没料到有人处心积虑怀疑上了。上级来人，调查了30余名党员干部，其中当过党小组长的就有18个。他们笑了，说:“这怎么可能？举报人疯了？”

村里发不起村组干部工资，夏永过意不去，就用农业税返还款买礼品，过节过年时慰问村组干部了。

上级给的减灾款，本来就是补给水稻制种户填亏损的。经过村“两委”讨论，意见一致，直接补偿水稻制种户的亏损。

村里的确有几万元计划生育罚款。这笔钱怎么用呢？夏永的意见是用来盖村部。村部原有的五间房根本不够用。村里开会，群众来办事，根本就没有地方坐。大家一致同意再盖几间村部，于是，这笔钱变成了旧村部前面的几间新屋，并拉起了院墙，像过日子的人家的模样了。夏永原来认为，村集体的钱用在村集体的事业上，问题应该不大。

什么叫“问题应该不大”？这不大的问题出来了，不是问题成了大问题。

上级给的水稻种植直补钱，标准是一亩地20元。在统计上报数字时，仝海村多报了1000多亩。这笔钱，夏永说用来改造村里两座危桥。不改造，别说村民收种拉打不方便，连平时过车过人也不安全。这些钱就用在了危桥改造上。

朱条组坐落在公路边上，环境卫生、村容村貌十分差，常常叫村组干部脸上无光。来检查的人，首先就会看到凌乱的朱条组，十分尴尬。

夏永提出：“必须改变。”

村干部问他：“没有钱，怎么改变？没有钱拿脸给人扇啊？”

夏永说：“朱条组有七八百棵杨树，那是村里集体花钱组织人栽的，是集体财产，伐了卖钱，用来整治环境。”

办完手续，开始卖树时，朱条组的群众提出了不同意见，说这些树长在朱条组的土地上，是属于朱条组人的。无论卖多少钱，都应该拿过来分给群众，一家一户，一分不剩！

夏永坚决不同意。分给群众，组里的事就干不成了。他来做群众工作，群众七嘴八舌，意见纷纷，不分钱就不能卖树。

夏永说：“卖树钱坚决不可分，家家户户分那一点钱，什么事也办不成！你看阴天下雨，人出不了门，庄稼进不了家。拿这笔钱为朱条组修路，钱不够，村里再想办法添上。为朱条组修路，不要朱条组老百姓拿一分钱可好？”

路是朱条组人走的，又不是修在别人家门口，朱条组人一想，书记的话也对，叫各家各户掏钱修路，恐怕谁也拿不出。不修好路，遇到坏天气，骂天骂地骂干部，也都是朱条组人骂的。即便卖树修路，又不是花在别的地方，受益的还是朱条组的人，那就同意卖吧。

环境治理又遇小破屋。这些破屋是些老头、老太太私搭乱建的，与小孩分开住在里面。要搞好环境治理，必须先拆了这些破屋烂棚。老头、老太太不愿意了。夏永说："我让你们的孩子接你们回家。"

夏永对他们的子女说："孝顺从来都是仝海的好传统，得一代一代传下去。谁还有不老的时候？你们得把自己的亲生父母接回家住去。你们有住的，父母就得有住的。不同意，你就对仝海村的老百姓说说你不接父母回家住的理由，看看你可能说出口？说不出口，就得接回去！从此以后，小屋、小瓜棚不准在朱条组出现了！"

朱条组的路开修了！省扶贫队看了十分高兴，捐助了5万元。公路站负责具体施工，又是无偿奉献。这些还不算。镇政府决定，他们再捐资400万元，支持仝海建成特色田园乡村。

在村里的报账单上，的确有夏永的手机费1500元。夏永承认，说这是三年来与外界联系时使用的，一年500多元，一个月不足50元。

至于报销发票上去苏州的车票、住宿是什么理由，夏永竟然想不起来了。有一天，他路过仝海村牌楼，猛然想起来了。村里的泥土路变成了水泥路，但夜晚没有路灯，村庄黑漆漆的，胆小的人晚上根本不敢出来。装路灯需要钱，村里没有，找谁要？他想到了在苏州创业的全海人，让他们出钱装路灯。后来，有人建议，再建一个村牌楼吧。就建在村前公路边上，叫人知道，这里就是全海村，大气、洋气。但建牌楼需要更多钱，村里拿不出。夏永想再动员在苏州创业的大老板、小老板，为什么不可以请求他们为家乡做点贡献？于是他去了苏州，而且不是他一个人去的，他带上了一位村干部。

但举报说，村里应该有一笔3万元的钱进账，村里的账上却没有，这是怎么回事？镇里领导虽然相信夏永不会贪这笔钱，但终究心里不踏实。办案人员对夏永说："给你一星期时间，你想清楚，我再来找你。或者电话通知你，你自己去交代写检查！"

夏永开始想，这举报中的一件件、一桩桩，都与他有关系，这一笔3万元他怎么说不清了？

3万元不是小数目，核实不了，他吃不下、睡不着，白发从他的头上冒了出来。年纪轻轻的，一旦在这些问题上说不清，别说他个人丢人丢大了，连祖宗三代的人也给辱没了，在全海还怎么站直了活下去？

他问会计："村里为群众危房改造用的钱，是哪里的钱？"

会计说："为群众危房改造用的3万元，不是东南大学一位叫贾诚（化名）的省扶贫队员个人捐的吗？他捐了多少，就花了多少，用不着记账啊。"

夏永想起来了！

贾诚是来自省城东南大学的党员教师。他来到仝海，要夏永领他去看望贫困农户。看了一家又一家，贾诚的脚步越来越沉重。最后，他在一架瓜棚小屋前站着不走了。

贾诚老师问："这是群众住的吗？"

夏永说："是的。"

贾诚又问："那个支起来的是干什么的？"

夏永看了看贾诚目光注视的地方说："那三块砖支起来的，是一口做饭的锅。"

贾诚简直不敢相信，一句话也没有说。半晌他问："还有这么穷的群众啊？"

夏永没有回答。他理解贾诚的疑问。他也知道，贾诚看到的肯定是他不曾想象到的。夏永不好意思回答他。

贾诚回到省城去了。几天后，他骑着一辆摩托车，风尘仆仆地来到夏永面前，从包里拿出3万元，对夏永说："夏书记，我就是一名普通的大学老师，平时也没有多少积蓄，这是我个人能拿出来的钱，交给你，为那些困难群众改善一下居住条件吧。"

夏永深为感动，他问：“你是从哪里借的摩托骑来的？”

贾诚说：“我是从南京一路骑过来的。”

夏永说：“你为什么不坐车来呢？”

这次，轮到贾诚老师笑了一笑，没有回答夏永的话。夏永知道了，他把摩托车骑来，是为了与自己下队方便。

夏永手捧这热乎乎的3万元现金，双眼潮湿。南京到仝海，大约300公里，这位普通的党员扶贫队员，竟然舍不得坐车，独自骑着摩托车，把多年个人积蓄的3万元送来，给困难户改造危房！他作为村党支部书记，感到羞愧，无地自容！他有责任，对不起仝海老百姓，更对不起党和政府的寄托与信任。他如果有，也应当这么做！他无法拒绝，用这笔钱为2户无房户盖了房，给11户人家修了房。但他忘记交代必须入账。经手人以为外来外花用不着记账，和贾诚老师说清怎么花的就行了。这种方式，在乡村纯朴的农民那里被认为是自然而然的事，用不着那么麻烦。他们不知道，这是要留账待查的。

夏永开始写交代材料，正式说法叫写检查。

检查交上去之后，要拿到群众中走访核实。26个人分成四个小组，走访206户。令人颇感意外的是，这206户仝海村民面对调查人员，竟然没有一个说夏永坏话，或说他有问题的。这是怎么一回事？举报人说他是代表仝海几千村民的意愿啊。

办案人员问夏永："你做了多少工作？为什么村民没有人说你坏话？没有人反映你的问题？"

"我能做什么工作？那么多户，会人人都庇护我吗？我能做这么多工作吗？我又能拿什么来封住这么多人的嘴？"

是的。村支书在村里住着，做着百户千人的工作，面对面的工作，得罪人是家常便饭。人心是不一样的，怎么会一样？经历不同，环境不同，想法就会不同，永远也不会都跑在一个节拍上。夏永的意思就是这个意思。这么多的村民，别说没做工作，就是真的去做了，也做不下来。俗话说一只手掌只能堵住一张嘴巴，他又不是千手观音。

审查的结果，是给夏永一个党内警告处分。人，放回仝海了，但必须上交已经报销的1500元电话费。那些电话，不全是为了工作打的。

纪委查清了夏永的问题，但信访的人仍然不满意，继续去北京上访。迫于信访的压力，镇党委犹豫着要不要把夏永的书记撤掉。也就是在此时，夏永向领导提出了辞职的请求。

领导说，要想辞职，得找到一个可以接替你的。

夏永辞职的决心已定。他找到一个可以接替他的人。这个人在镇政府工作。夏永说："兄弟，你接替我干仝海村支书吧？”

“你是怎么想的？工作没有了，我也不会接你的位子。”

“权当是给我帮忙了。”

“你真的死心不干了？”

“我想清静几天。我真的被折腾得太累了，也伤心了。”

“想清静几天？十天，还是八天？”

“一阵子。”

“一阵子是多少天？”

“两三年吧。如果我觉得自己还能干，组织上也相信我可以干，那我就再试试。”

“你想得好！我怎么可以接你两三年？看你面子，我顶替你干两个月，多一天也不干！你要是答应，你就去向领导汇报。”

夏永想，顶替两个月也是好的，关键是现在得有人顶替他。也许两个月后，顶替他的人能一直顶下去呢？夏永说：“好，你就先考虑顶我两个月吧。”

组织上在仝海村召开党员干部会议，正式宣布夏永被免职。

刚一宣布完，党员炸了锅。夏永被免职了，这怎么行？我们党员不答应。性子火暴的，当场发飙。

这还了得？领导宣布休会，要求夏永等几个支委分头去做党员干部工作，保证支持组织决定，不闹事。镇委书记听到汇报后，一言不发，他深感服从决定，是夏永唯一正确的选择。

第二十节　处暑

仝海感到腰杆硬了，心里有底气了

旷世喧嚣许暂休，华光耀彻古城头。

拼教一秀名青史，忍看千金冠沐猴。

此夕和谐堪把握，明朝风雨待绸缪。

绮筵散罢尘初静，渐有新凉递好秋。

——江南雨

夏永终于卸下了肩上的重任，他感到一身轻松。他去了徐州老二的公司。他觉得来到这里，可以暂时得到一份安宁，而且他对老二的创业项目很感兴趣，谁说在这里，他不可以发挥作用呢？其实，他内心从未真正安静过，仝海在他心里，一刻也没有离开过。

夏永不知道，他开始新生活的时候，远在350多公里外的江阴长江村，正在认真准备来探望睢宁仝海村的父老乡亲。

在长江村人的字典里有几个词与仝海密切相关，一个叫“生态米”，一个叫“帮扶村”。

两个月后的一天，夏永的手机突然响了。是长江村打过来的电话，说他们要到仝海村来了。夏永立即向镇领导做了汇报：“长江村明天来人了！”

夏永喜出望外，他盼望的日子终于来了。原来，仝海与长江两个村一直在他心中，从来没有远去过，只不过暂时沉寂了一下。现在，一个电话，又让夏永活跃起来，欢腾起来了。

长江村人要求见仝海村党支部书记夏永。

“我不是仝海的村支书了，两个月前我被免职了。”

长江村人说："无论免不免职，人在哪里，都要见一面。"

长江村人没有忘记夏永在长江村老书记的遗体告别仪式上那个情深义重的九叩大礼。

夏永对镇领导说："我回不去了，仝海有村支书，我不用回去。"

"仝海村的书记只答应干两个月，多一天也不干，现在已经回到镇里了。他不同意由他来接待长江村来的客人。"

"领导，您再做做新书记的工作吧，我已经有新的事情干了。"

"不行，限你明天必须赶回仝海！如果你还是位共产党员，你就应该无条件服从！"

夏永无语了。其实，要对长江村人说的话，他还没有说完。他一直想说，却认为已经没有机会，也没有必要由他来说了。

夏永决定立即动身回到仝海！

老二问："你真的要回去？"

"必须回去。以前都是我与长江村联系的，那不是我个人的事，是仝海老百姓的事，是仝海发展的事！"

"你可拉倒吧！仝海少了你发展不了？你要是不在了，仝海人还不过了？车轮不转了？"

"话不能这么说，过和过不一样，转和转也不一样，人和人不一样。"

“你对我爸说去吧，看他可同意你回去！”

这是老二的招数。他明白，弟弟的话，哥哥可以不采纳，他挡不住；爸的话，你这当儿子的就得思量思量听不听了。

夏永对父亲说：“爸，我今天得连夜赶回仝海去。”

“你回去干什么？有什么要紧的事要连夜回去？”

“江阴长江村来人了。镇领导来电话，要我回去。”

“镇领导说话算数？说话算数就处分你？爱谁来谁来，不准回去！”

“不回去不行，我的党籍又没被开除。”

“安心做个平头百姓，少操心，少背黑锅。”

夏永一边听，一边收拾东西。老父亲看到夏永决意回村，气狠狠地说：“你就是个官迷啊？你做了几辈子想当官的梦了！俺家是缺你吃的还是少你喝的了？”

夏永并不答话。他知道他无法答话了，他不忍和老父亲争论，争论会让他老人家更加不理解、不支持，会更加生气，说不定关上门就不让他回仝海，那样的话他将一点办法也没有！

夏永连夜回到了仝海。熟悉的一切就在眼前。才离开两个月，能有多大变化？十几年了，或者更长，如果不是省扶贫队来帮扶，那还不是一点变化都没有吗？

有人发现夏永回来了，于是，这个消息在村里悄悄传开了。有的人长舒一口气，自言自语说：“夏书记回来了！”

天亮了，夏永在家里恭候长江村的人。上午10点左右，在镇委书记、镇长和省帮扶工作队领导的陪同下，长江村人的身影出现在了全海村。夏永急忙迎上前去，与他们紧紧握手，一个劲地说："可等到你们来了！谢谢！谢谢！"长江村人望着夏永，小心地问了一句："你没有什么问题吧？"

"没有，没有。"夏永不知道如何回答，只好这么说。

长江村人捧出10万元现金，要夏永收下。夏永说什么也不肯收。夏永说："你们来全海看看，我们就心满意足了。全海现在虽然穷，但这10万元，再穷也不能收。领这一份情就足够了。"

长江村发展集团公司范总经理说："你为什么不收？你每次去长江村，带的土特产我们不是都收下了？如果你不收下，我们还怎么谈合作？那不是太见外了？"

夏永感到，如果真的不收下，也显得全海人太不大气了。他说："那就先收下，记住长江村的这一份情谊！"

长江村人看到全海村人收下了10万元慰问金，显得非常高兴，说："我们去看看你们的水稻吧！"这正符合夏永的心愿。于是，他在前面带路，直奔村里的水稻田。

"这就是优质水稻，是市农科院水稻专家推荐的品种。你看，长势多么好！我们正愁为这些优质大米找销路呢。"

"这就是你去长江村带的大米吗？"

“是的啊！”

“好米，好米，香！你看这样，水稻收下来时，你给我们长江村食堂先送去2万斤怎么样？”

夏永说：“没问题，收下来就送去，让长江村人吃到仝海村的新大米！”

“钱我们不少给，每斤高出市场价两毛钱，你看可好？”

“太好了！”夏永一阵惊喜。

中午吃饭时，长江村人又问：“你们仝海村种了多少亩优质水稻？”

夏永说：“现在是1000多亩，明年可以扩大到3000多亩。按照规划，仝海村5100亩土地，要种4800多亩水稻。整个邱集镇，将发展12万亩水稻。”

长江村人说：“这样吧，你们给长江村送去20万斤吧，有没有？”

夏永忍住内心的激动，说：“有！保证保质保量送到。”

“价格还是比市场价每斤高出两毛计算，你准备送吧。”

送走长江村的客人，夏永一直沉浸在水稻销售的喜悦里。镇党委决定，夏永复职，仍然是仝海村的党支部书记。

优质水稻收获的季节到了。长江村要了20万斤大米，村里却拿不出钱来收购和加工。怎么办？诚信第一啊，好不容易争取来的大好机会，难道眼睁睁地看它流走？第一炮就哑火了,那以后再打开销售渠道不是事倍功半,难上加难?谁还会相信全海人的能力?夏永说:“我来借钱收稻,必须完成合同。”

钱借来了,水稻也收上来了,但全海村自己不能加工。向长江村送的是大米,而不是水稻!夏永说送到附近镇的米厂去加工。

这一年,全海村销售的大米,除去所有的支出,净赚15万元。夏永把经营收支账以及15万元的盈利,及时转交到村集体,让会计王翠入账。

好消息传来,长江村人对全海大米十分喜欢。他们说全海大米就是好吃,还想要。要多少?长江村人说第二年要50万斤!

50万斤,长江村人真够义气的。收获季节,村集体只能拿出20万元收购水稻,尚有50万元的资金缺口,夏永还是那句话:“我来想办法借!”

这一年是2015年,全海村靠销售大米,集体收入达45万元。昔日零收入的村,现在所有经营性收入,一年有100万了! 100万啊,像做梦似的!全海感到腰杆硬了,心里有底气了!

夏永开始谋划一盘大棋了:发展粮食生产,扩大优质水稻种植面积。党中央不是说粮食生产一刻也不能放松吗?

习总书记不是说中国人的饭碗一定要牢牢端在自己的手里吗？一粥一饭，关乎国家安危、人民幸福，始终是治国理政的头等大事。悠悠万事，吃饭为大。仓廪实，天下安。手中有粮，心中不慌。十四亿人口，如果粮食出现了问题谁也救不了我们，只有把饭碗牢牢端在自己手里，才能保证社会大局的稳定。这是一个永恒的课题，任何时候都不可以放松。而且良种在促进粮食增产方面具有十分关键的作用，在仝海就是一个明证。优质水稻就是仝海农民喜欢的种子。习总书记还说要发挥自身优势，抓住粮食这个核心竞争力，延伸粮食产业链，提升价值链，打造供应链，不断提高农业质量效益和竞争力，实现粮食安全和现代高效农业相统一。耕地是粮食的命根子，粮食是农民的命根子。保粮就是保住命根子。仝海要在粮食生产上走自己的路，走出特色，走出富裕，走出小康！仝海人要用最好的种子，生产出最好的粮食，为中国人“绝不能买饭吃、讨饭吃，饭碗里必须主要装我们自己生产的粮食”做出贡献。

2016年，仝海村注册成立了慧众农业公司，主要目标是发展优质水稻。当年，仅仝海村的水稻种植面积就发展到了3000亩。但这并不能满足夏永对市场需求的预测。他把优质水稻种植基地拓展到周边的村和官山、庆安等镇，仝海的农业公司以每斤高于市场价一毛的价格全部收购。按照仝海人的科学种植，从种子购买到粮食出售，一亩地可以增收400—500元。这就是“公司+农户+市场”的仝海模式。

以优良的质量和周到的服务为基础，通过长江村的热情推广，“仝海大米”商标很快享誉大江南北，受到广大消费者的欢迎。连远在广州的客商也慕名而来，希望与仝海村签约，预订仝海水稻。

稳定销售的火爆和加工大米的可观收益，使夏永看到了又一个商机——仝海村应该筹建自己的米厂，加工自己生产和收购的基地水稻。村党支部研究决定后，很快把建厂方案上报镇里审批。镇党委当即研究，给予全力支持，指派专人配合仝海村办理相关手续。但办手续是一件麻烦的事，再加上夏永他们对此业务并不熟悉，一时很难办下来。而就在这时，传来仝海附近的高作镇也正在筹划建米厂的消息。在这方圆几十里地，需要办几个米厂呢？会不会导致互相制约影响发展？有关部门现场考察。他们来到邱集镇，听了夏永的汇报，认为邱集是一个农业大镇，优质水稻的种植，已经在周边百里形成了品牌，受到了市、省专家的充分肯定和支持，有着良好的发展前景。县领导当场拍板决定，支持仝海村立即着手筹建米厂。各有关部门，要给予支持，简化各种办厂手续。

仝海米厂于2017年9月建成试生产。仝海不仅自己生产优质水稻，而且自己加工大米。米厂位于宁徐公路251公里处，占地13亩，隶属于仝海村的睢宁慧众农业发展有限公司。它可以带动周边村民种植优质水稻近万亩。2018年，仝海村集体经济收入突破了200万元。

夏永对广州客商说：“我们有了米厂，只能卖大米，不能卖水稻了。”广州客商说：“只卖大米我们也要！”

在这个时候，镇里要求仝海村重点帮扶周边8个村发展优质水稻，这个模式为“8+1”模式。仝海村由原来的被帮扶，到现在的去帮扶，这是一个不可思议的变化。仝海村不但帮邻村群众自选、自愿、自觉种优质水稻，而且还帮助加工大米，帮助销售，这期间每一个环节的盈利，都归所在村集体和农户所有，仝海村只做好服务，一分利益不取。

在全县经济工作座谈会上，县领导倾听来自基层的声音。轮到夏永发言，他说：“我是来自邱集镇仝海村的支部书记。在2012年以前，仝海村的集体收入为零。省帮扶工作队来到仝海之后，建猪场、羊舍，建党群服务中心，牵头南北挂钩，打造特色田园乡村，发展优质水稻，支持建仝海米厂，向市场推送优质‘仝海大米’。2013年，村集体收入近50万元，2014年为100万元。仝海米厂于2016年10月开建，只用了一年时间，2017年10月正式投产。2018年全村集体经营性收入达到了200万元。”

县委书记问：“听说你第一次借钱收购水稻，加工大米卖给了江阴长江村，当年挣了15万元，全部交给集体了？”

夏永不好意思地笑了笑。

县委书记说，仝海村是在党建引领下带动群众和集体共同致富的，他们成功地走出了自己的仝海之路，一年集体收入200万元。有些镇一年收入又有多少？还没有赶上仝海一个村的收入！他们的经验值得借鉴，他们的做法也值得学习。他们的奋斗精神，更值得大家去总结思索，肯定会对大家有启示、有帮助。希望全县农村不甘落后，有更多的仝海村出现。

第二十一节　白露

一个老党员临终前的三元党费

漏钟仍夜残，时节欲秋分。

泉聒栖松鹤，风除翳月云。

踏苔行引兴，枕石卧论文。

即此寻常静，来多只是君。

——贾岛

今天的天气真叫人神清气爽。江苏银行睢宁支行的一行人，在行长朱冬的带领下，一大早就到这里考察，寻访仝海米厂需要什么支持。夏永陪同他们，一路介绍情况，只向我打了一声招呼，继续专注于他的介绍，我自然不去打扰，各自方便。

为了节省高峰用电的费用，机器停了在休息。机器大约也是夜猫子，它们习惯了在夜间工作。那些待加工的稻子静静地待在原地，什么话也不说，等待脱胎换骨的时机，现出它们晶莹白细的肌肤。我就在米厂里转，很喜悦地看着它们。收稻子的门窗里闪现着几个人的身影，这个时候他们没有多少事可做，可以轻松地闲聊仝海的人和事。

忽然，一辆电动三轮车从我的面前开过，转了一个小圈，直接向稻子加工车间开去。那里有一个倒入口，可以把稻子倒下去。下面是一个很深的窖子，稻子要从这里被输送到机器里，再出来时，就已经褪去了外壳，成为米了。仝海稻米真的很奇怪，它的外表也没有什么惊人之处，但当它变成米的时候，无论是在家里、食堂还是饭店，吃的人都说它好吃，味道纯正，香气扑鼻。同样的稻子，同样的加工，同样的做法，为什么它就好吃了呢？如同人，长的都是差不多的五官，有人就说某某面相厚道，某某面相奸猾，是不是从本质上才可以加以区别开来？

电动三轮车上垒着鼓鼓的袋子，不用问，装的肯定是稻子。我见他把车开到稻子加工入口处停下来，解开袋口，向入口那里倒稻子，发出细微的稻子流淌的摩擦声，轻快而又流畅，像是泻出泉口的一道金色的小瀑布。倒稻子的人高大魁梧，动作干净利索，一看就知道是干农活的好手。

我走过去，问他："你这是来卖的？"

"卖的。"

"怎么没看见你过秤啊？"

"刚才不是从地磅那里过来的吗？"

"怎么到现在才卖？收下来时不卖吗？"

"这是留自家吃的，吃不完，又拉来卖了。"

我看他戴着一顶有檐的旧绿军帽，腰里系一围裙，便问他："你是哪里的人？"

"就是仝海村的。"

"这稻子卖多少钱一斤？"

"一块五毛三，前几天还卖一块五毛五，多收了一二十天，还卖亏了，一斤少卖两分钱。"

"不就少卖两分钱吗？"

“你可不能这么说！我这一点无所谓，多了就不能无所谓了。一斤多一分钱狠了，米厂一年收百把几十万斤，那是多出多少钱？“

可也是的！架不住量大！

我又问：“你还有地呀？”

“有啊，种点小麦，种点水稻，一家16口人，收下来留点自家吃的，剩下的全卖了。在外打工的打工，在家上学的上学。平时就老两口在家吃，吃不了多少。早上两个鸡蛋，一碗稀饭。中午炒几个菜，净吃菜了，饭吃得越来越少。过去粮食不够吃，天天饿肚子；现在粮食吃不完，挑着吃，捡着吃。”

“你还干点什么吗？”

“干，怎么不干？过去在乡下干点小工程。现在去给人打零工，去八里市场收拾废钢铁，工资论天算，一天就给160元。”

“哟，也不少啊！能常年干吗？”

“能常年干我也没有工夫去干！三个儿子都在外，又没有分家。不是这家有事，就是那家有事，得去帮他们办。有空了就去干，没空了就不干。这么大年纪了，还去拼个什么？钱这个东西，越干越想干，越多越想多。”

“你贵姓？”

“姓张。”

“多大了？”

“67。”

“看样子没这么大！很年轻！”

“还很年轻？这个年纪去干活，都没有人愿意要了。我的朋友老王，托我给他找活干。我给他找了一个工地，干点零活。老板一见到他，问他多大了。他说65岁了。老板说65岁还来打工啊？他说76能干也想干，实际上，他已经71岁了。”

说完，老张嘿嘿地笑起来。他去拿卖稻子的钱，570多斤，卖了800多元。拿钱要办几道手续。他说：“卖给私人，一边秤一边就数钱了；卖给米厂，就得办几道手续，才能拿到钱。不一样啊！”

停了一会儿，我好像成了他多年的老朋友，他又对我说：“没有钱不好过，有了钱也不好过。有了钱，老家不住了，去城里买房住。小车不坐了，要换好车。我给了儿子（哪一个儿子他没说）3万块钱，他要把货车换了，买小轿车。新车买了，城里不让放爆竹，他来王林街上放烟花。给我打电话说，朋友们来庆贺，他在饭店摆了三桌，答谢人家，叫我去喝酒。我就去了。一吃完，他说他把买车的钱花完了，这三桌酒席，让我替他结。”

“你一个人吃了三桌？”我调侃他。

“那还有什么话说？他说叫我结，我就结了呗。留钱有什么用？有吃有喝的，往哪儿花？”

老张拿了卖稻子的钱，一上车，嘟嘟地开出了仝海米厂。

大概考察结束了，江苏银行睢宁支行的朱冬行长一行开车走了，我和夏永这才有机会坐下来。

我们自然说起了仝海米厂。

那是2018年3月，夏永上任镇农业公司经理。镇委书记彭亮与他谈话，主题是作为一个农业大镇，如何做成农业强镇，打造自己的品牌，让集体和农民赚更多的钱。

夏永说："打造自己的农业平台，从一粒米做起。我们镇不是有一个原来（20世纪）50年代的国有农场吗，现在搞一个社会化服务，把那里打造成一个优质良种水稻推广育秧基地，把机械化做起来，把群众从传统的生产方式中解放出来。大面积育秧，有利于推广，节省人力物力。我计算过，育一亩地秧，可栽一百亩稻田，仅此一项，一亩可增收260元。专家说我们这里属于万象优111栽种最适合地区，昼夜温差大，光照充足。改变过去的种植理念，全镇34个村，优质水稻可以扩种到四五万亩，占总面积一半以上。按照国家种植标准，减肥减药，哪怕以每斤高于市场价一毛的价格从老百姓手里统一回收，再加上统一育秧、统一运营、统一品牌，相信邱集镇可以成为一个"味稻"特色小镇，镇、村、民三个环节，环环相扣，环环相接，不怕不能做大、做强。"

彭亮书记看着夏永，颇有意味地说："这个构想很诱人，但你得保证实现。”

“我当然有信心敢保证。”夏永的语气很坚定。

“那你就放手去干吧，我全力支持你。”

过程是艰难的。把蓝图移植到土地上，一笔一笔描画出来，并非易事。

白天显得太短，黑夜显得太长。

双手显得太少，脚步显得太小。

那些奋斗的日子无法细说。

那些流下的汗滴无法细数。

说了多少话？无法估量。

走了多少路？无法丈量。

总之，一年后的2017年，镇农业公司创收114万元。两年后的2020年，创收507万元。从一无所有，到积累固定资产8000万元，流水资金1个亿。原来是夏永一个光杆司令，现在公司员工达23人。

这是什么速度？又是什么情怀？在这个时代，在这片大地上，他们，每一秒钟都不会轻易放过，每一次发展机遇，都必须让它开花，都必须让它结果。不只彭亮和夏永两个人，他们的身后，站着一支像他们一样的队伍。这就是当代农民，和带领农民的队伍。

夏永说，发展是要马点兵的事，点到了必须上，上了必须赢！

彭亮说，点到的都是上去能战会干的兵，有必胜之心，有坚定的意志。三农发展，就需要夏永这样的村党支部书记。

是的，夏永现在是邱集镇副镇长、镇农业公司经理，他的另一个重任是全海党支部书记。这就是说他要一手抓镇农业公司的工作，一手抓全海村的全面发展。他说他每天只可以睡五六个小时，要干的事太多。

按照目前的状况，全海村只要稳定现状，数年之内保持领先，基本不可能被超越，也没有什么可担忧的。班子团结，民心和谐。百万元村，集体有钱花，农家无闲人。但夏永并不这么想，无论处于什么状况之下，发展是一刻也不能放松的事。创业如赶路，不能松一步！

全海村小学撤了。那一块废弃的地就空在了夏永的心上。如何使用？又如何能够使用？

这就是夏永与别人的不同之处。谁也不会想，若干年后，也许就是明年或后年，有的村抓住了机遇，越超全海就是可能的事。而且，发展永无止境，好的生活前面还有更好的生活，幸福的前头还有更幸福的甜蜜。小富即安，故步自封，鼠目寸光，必须摒弃。人无远虑，必有近忧。

“你为什么会有这些想法？”

夏永说：“我给你讲一个故事。我们村有一位老党员，叫朱志友，80岁了，得了癌症。躺在病床上，清醒时他知道，自己留在世间的时间已经不多了。他用尽力气从身上掏出3元钱，对儿子朱浩说：‘你把这钱交给村支书，对他说这是我最后一次交的党费。我自己身上只有这么多钱了。’”

夏永收到这笔老党员人生最后的一次党费时，心中久久不能平静。老人在弥留之际，身上只有3元钱！这是他一生剩下的仅有的积蓄！这说明了什么？除了他对党的忠诚之外，我们还知道他是一位贫困的党员，他没有更多的钱向党表明他的心迹。这对一名村党干部来说，是沉重的。3元钱给夏永留下的思索太多、太深。

夏永说：“你说，我能满足于村子目前取得的成绩吗？我们离这名老党员留下的美好心愿，还远着呢！”

夏永不可放松自己的思考。那块村小学废弃的土地，也许是仝海又一个发展的机遇。

他谋划好了之后，向时任镇委书记彭亮汇报了他的想法。他要在那里盖上厂房，购买加工机器，生产稻壳颗粒生物燃料。这是一个很有前景的计划，可日加工一百吨稻壳，可为仝海村年创收入700万元！700万啊，多么美好的前景！

彭亮因夏永的描述而兴奋起来。他有些激动，说：“全力支持。那块土地，仝海村可以优先使用，一切为村集体发展让路！”

真是不可预料，不久，彭亮任更加重要的职务去了。新书记刘林威来了。新老书记交替，夏永丝毫没有放松，他找准时机，再次向新书记刘林威汇报了仝海村发展的设想，目的是利用好那块废弃的土地。

同样，刘书记因夏永的想法而兴奋。他对夏永说：“好！仝海小学那片废弃地，你仝海先用，一切服从农村发展需要！”

夏永带领村“两委”班子立即行动起来。

前期筹建准备工作，开始有序实施。

夏永信心满满，胸有成竹。他说，加工原料、产品销售，一切不成问题，他已经做了充分的调研。

仝海村民更满怀期望。他们每个人都在想：我是否可以进厂，在家门口打工？

而夏永的另一个想法正在形成，他还要建一个村级电商创业园，让从事家具生产的农民电子商务创业者进园集中经营。

……

第二十二节　秋分

见不到朱浩可以见李宁

海上生明月，天涯共此时。

情人怨遥夜，竟夕起相思。

灭烛怜光满，披衣觉露滋。

不堪盈手赠，还寝梦佳期。

——张九龄

“见不到朱浩，可以见李宁。”我对夏永说。

对朱浩产生好奇，缘于我在仝海村部的广场小公园里，看到了好人榜上有他的介绍。

三月末的仝海小公园里，花开了，一树的火红，极为惹眼，很远就能看见它的艳美。好人榜分布在小公园的四周，我一个一个地看，在朱浩的介绍前站住了。

好人榜上的朱浩头像，留着一头短发，表情从容平静，浓眉大眼，鼻正口方，耳廓端正，着一件海魂衫。下面的文字写着：

朱浩，仝海村人，1995年怀揣梦想南下广州打工，半工半读三年后取得中山大学工商管理硕士学位。1998年于广州市海珠区登记注册“昊天喷画广告公司”，与广州30多家企业建立了优质的合作共赢关系。随着企业的发展壮大，致富不忘家乡，2016年朱浩为支持家乡建设捐款43000元修建“敬心亭”廊道、牌坊等。

我的目光落在了“捐款43000元”上。

对于农村人来说，这不是一个小数目。对于一个南下打工者来说，这钱也不是从天上掉下来的。即便打工打成了百万富翁、千万富翁、亿万富翁，没有家乡情怀，别说4万多元，就是400元，他如果不心甘情愿地捐，别人又能如何？埋怨、指责，甚至背后怒骂，这对于在异乡打工的他来说，有用吗？他只需用一句话，就能把所有不满意的人怼回去了：这与我有什么关系？当初在家乡没出来时，当初在家乡身无分文时，对我又如何？即便在他离开家乡之前，对他如何如何，他一笔勾销，不再记得，别人也没办法。这样的例子，又不是举不出来，又不是没有人做出来过。

朱浩出身于什么样的家庭？他的乡土情结是怎么生成的呢？

我问夏永，夏永说，他就是那位在生命最后时刻交3元钱党费的老党员朱志友的儿子。他不仅关心村集体事业，对朋友也知恩图报，重情重义。他南下外出打工时，问他的一个同学借路费，他同学借给他300元，他后来回报了他同学一辆小轿车，还把在县城的宾馆交给他同学打理。

咦？这个朱浩是那位在生命最后时刻，掏出身上仅有的3元钱上交党费的老党员的后代，果然做事与众不同。他同学仅仅借他300元，他竟然如此回报，这种事很少。感恩回报，300元变成3000元也就足矣，现在他如此回报，令人敬佩。

去广州见朱浩，肯定不现实。那么借300元给朱浩的人在哪里？是否找得到？找到他，不就等于找到了朱浩？

夏永说他叫李宁，就在王林工作，找得到。

我请他给联系一下。

夏永就把联系朱浩的事交给了张延威。大概张延威对李宁并不十分熟悉，他又把这事交给了王翠。王翠是朱浩的同学，肯定互相有联系。王翠很快就联系上了李宁，我就有机会认识了这位慷慨帮助过朱浩的人。

见到李宁，一看就知，42岁的他是一位实诚的人。他面善而又快乐，朴素而又坦诚。他现在是大李村卫生室的村医，还是村第二支部的支委，媳妇在王林街经营一家药店。互相介绍过之后，我就直奔主题，说我想听听朱浩的故事。我说得虽然很平静，但还是流露出迫切的心情。

李宁是个爱笑的人，趁他笑着望我的当口，我说你的名字使我联想到体操王子李宁，名字一点也不差。他更加愉快起来，说不一样，不一样。接着他就说起了朱浩。

“上小学时我还不知道朱浩，互相并不认识。他在仝海小学上，我在大李小学上。初中时，我们都考上了王林中学。和他分在同班，又是同桌，聊得很投缘，就是一对好朋友而非只是同学了。初中三年，毕业后我去上了河南卫校，他被县少年体校自行车队录取（这自行车队是培养全国和世界冠军的团队）。其间，我们俩就失联了。那个时候，又没有手机。大概是1998年的暑假，我正在王林实习，他骑着自行车来找我。我

很惊奇，就问他：‘这几年你去哪儿了？’

“‘我去杭州打工了。’

“‘自行车不练了？’

“‘早就不练了，练也练不出来成绩。’

“‘打工怎么样？’

“‘不怎么样。’

“‘那下面准备干什么？’

“‘还得去打工，去南方打工。’”

李宁说：“说到这儿朱浩停住了，有些犹豫。我毕竟是他的好朋友，马上看出来了，说：‘有什么话你说。’”

“你手头可宽裕？如果有，想借点钱当路费。”

李宁当然不会事先知道朱浩为此而来。这么一说，他明白老同学遇到自己无法解决的困难了，否则绝对不会向他说。说来也巧，李宁刚领到第一个月的工资。大概是300元吧，李宁今天已经记不清具体数字了。只想帮一把老同学，谁会有心思记下借给他多少钱。其实，心里也不存在那个“借”字，是诚心帮他而不准备让他还的。但李宁担心这钱不够去南方的路费，就对朱浩说：“够不够？我身上只有这么多了。不够的话我再回家去问父母要。”

“差不多够了。不用回家再拿了！”停了一会儿，朱浩又说，“我在外头打工，没有挣到钱，回来的路费还是向家里要的。这一次出去，家里不同意我走，叫我在家里安安稳稳地干。我向家里要钱当路费，没有一个人给的，连叔叔、大爷都不借给我。”

李宁一听就笑了，说：“你当初一开始就来找我，也用不着向他们张口了！你一开始就该来找我！”

朱浩听了也笑，什么也不说，拿上借来的路费，起程去广州了。这一走，又是两三年杳无音信。李宁就想，这朱浩究竟干什么去了？但他无从打听。

思念的时候，朱浩回来了，直接到医院找他。

李宁真是喜出望外，两个老同学激动地拥抱在一起。

平静之后，李宁迫不及待地问他：“怎么样？”

“还可以。刚去时，在一家印刷厂打工，印些宣传品、条幅什么的。干了有一年，我就报名上了中山大学夜大学习。学习结束后，我就开了个人广告公司。”说着，就拿出钱来，还借李宁的路费。

李宁当初本就无要人还钱之意，见朱浩还钱，哪里会愿意？两个老同学又见面了，这已经让他十分高兴了。他说：“你用吧，不用还！谁想过让你还这点小钱！”

“这哪能行！这是借你的，必须还，你得拿着。一码是一码！”

李宁愣了一下，看拒绝也无用了，就不再反对，算是默认了。然后他们互相交换了手机号码。从此以后，两个人的手机号码再也没有更换过。

短暂的相聚，又是长久的分别。朱浩走前邀请李宁去广州玩玩，李宁痛痛快快地答应了。

回到创业地的朱浩，把租用的小小楼梯间，发展到有3000平方米厂房、五十余名员工、年创收益达千万元的广告公司。

李宁说，朱浩创业很是艰苦，也受得了艰苦。他瞄准的都是前沿阵地，购置的设备必须是首先引进的，一旦发现有其他企业或个人在使用，马上更新。他甚至把业务做到了国外。

我想，这样诚实守信讲义气的人做企业，不成功反而是一件怪事。

李宁受邀第一次去广州见朱浩，本打算去那里游玩一趟。正月初十起程，到了广州，见老同学忙得团团转，忍不住上去帮忙，捡一些自己能干的活干。

该返回睢宁了，李宁说："舍不得走，那也得走了。"

朱浩说："你来了，什么都看到了，我就是这个样子。你回去就回吧，你也有那么多事要做。你开我的车回去，这车送你了。值多少钱，你也不用问，开回去就行！"

李宁说："这个不行，我不能要！"

"什么不能要？你我还要分得这么清楚？给你，你就开走！"

李宁就把朱浩送他的车开回了睢宁。

李宁第二次去广州再见老同学朱浩，就是开着朱浩送他的小轿车去的。这一次，仍和第一次一样，去了就帮朱浩干活。干饿了，朱浩没有吃饭的意思。等朱浩喊他吃饭时，李宁说：“刚才感觉到饿，现在不饿了。”

朱浩就笑他说：“你水土不服！”

李宁说：“你送我的车，我开这么长时间了，现在还你，我要重新买了。”

朱浩说：“说过送你的，你不要就卖了，添点钱买新的。”

李宁说：“你这边的车牌号，在我那不好卖。”

朱浩说：“那就在广州卖，我替你卖！”

这车在广州卖了，卖了5万元。朱浩把钱交给李宁说：“拿回去添上买车！”

李宁知道再拒绝还是没用的。

朱浩说：“你知道我在老家城里买了不少房子，现在闲置在那里，我也没有时间去管理。我们见面，总是吃吃喝喝，时间长了也没有什么意思，那些房子就交给你吧，你回去看看是不是可以开个宾馆什么的，你手里也有个事干。”

李宁知道朱浩在老家县城买的房地处繁华地段，开个宾馆也是一个好主意，当场就答应了下来。他回到睢宁后，就着手装修改造，共有50个房间。然后招聘了8名员工，宾馆就开业了。宾馆的名字是他们俩共同起的,叫华逸宾馆。

在宾馆装修期间,李宁要求朱浩回来一趟现场指导一下。结果在颜色上,两个老同学发生了争执。争执激烈时,谁也没让谁,好像在打架,弄得别人也不好上前劝阻。争执完了,又去喝酒,你敬我一杯,我陪你一杯,边喝边说,边说边争。说着争着,又抱头痛哭。唉,老同学,老情感,他人无法感受。然后,一切烟消云散,晴空无云,又和当初一样。李宁说:“朱浩回仝海,乡音都没改,一口家乡话。就是在广州,时不时地也蹦出来仝海话。你说他是不是恋旧?”

“也不仅仅是恋旧,应该说是对故土的忠诚。”

李宁说:“这话对!他对仝海、对故人,就是忠诚。他不仅为仝海捐了钱,也为救助家乡的困难儿童捐过钱。”

李宁很感叹,似乎有许多话要说,却又没有说出来。那意思是,如果人人都活得有情有义,肯创业做事,那么我们的社会风气该多么好,会和春天一样温暖。

后来,我在华逸宾馆见到了领班王磊洁。30岁刚出头的她性格活泼,待人热情,一笑脸上现出一对小酒窝,走路带风,像个男孩。

我说:“怎么称呼你?”

她说:“在外,大家都喊我王小三,你也这么叫吧。”

我说:“我这么叫就不好了,叫你小酒窝可好?”她听了笑得更加灿烂。

她告诉我:“当天50间客房,只剩下五六间了。这都是仝海人干的事业,李老板、朱老板对我们非常好,都是像朋友那样说话。他们不那样说话也不行,不那样说话我就会说他们不尊重员工。我们共有9位员工,大家都很友好。逢年过节老板发慰问品,还请我们去聚餐。聚餐时我不去,我值班。我是一块砖,哪里需要哪里搬。宾馆里的我都懂,万一客人需要开电视呀什么的,我可以照顾,毕竟我是一名老员工了。看两位老板那么好,那么重感情,我也向仝海人学习!”

这个小酒窝王磊洁,自觉把仝海人当成了自己学习的人生榜样!

第二十三节　寒露

刮大白的小伙做了农民电商

老树转斜晖，人家水竹围。
露深花气冷，霜降蟹膏肥。
沽酒心何壮，看山思欲飞。
操舟有吴女，双桨唱新归。

——王冕

夏永建议我去采访张伟。

我问："张伟是做什么的？"

夏永说："是仝海村的创业青年，在网上销售实木家具。"

我说："张延威好像联系过他。他住在新村部前面，门前就是家具车间，靠路边上。"

夏永说："对，就是他。"

后来才知道，张伟喊张延威为大爷，他们是亲戚。

看样子，夏永对张伟很欣赏、很信任。后来张伟对我说，他门前的家具车间，就是夏永帮忙筹建起来的。批准手续，都是他去办下来的。

"他对你不错哦！"我说。

"不是对我一个人不错，他对仝海所有创业的人都不错。他要认为可以做，符合上边政策的规定、要求，他都支持；如果不符合，你找他帮忙，他也不会帮。"

后来我发现，张伟总是很委婉地修正我的认识。

比如，我们讨论到在网上销售家具，互相砸价的现象，我说："互相砸价，等于互相拆台，大家都吃了亏。"

他说："也不是。这也不叫大家都吃了亏。谁也没有吃亏，这是正常现象。销售家具的无非是少挣了一些，钱赚得比过去少了，但你还是赚了，还是不吃亏。亏了就不会再干再发展了。好处是消费者有了更多选择。同样的家具，同样的式样，过去是一家卖，一个价，没有选择；现在是十几家几十家网店在卖，选择的余地大了，为什么不捡又中意又便宜的买？这种现象很正常。”

看看，他就是这么四两拨千斤，反驳我的观点的。

张伟今年34岁，初中毕业于王林中学，考上中专后，在苏州读的是车床与电脑编程。这对他后来回乡从事电子商务创业提供了技术支持。

他1米82的身高，显得特别精神。他思维很清晰，明白自己的发展目标。

张伟中专毕业后，在原先实习时的电子厂得到了一个工作岗位。厂里内招仓管，他报了名，结果如愿以偿。这仓管一干就是三年，到了谈婚论嫁的年龄了，他爸爸的战友为他介绍了一个姑娘。二人情投意合，也就结婚了。媳妇1米67，贤惠知礼、勤劳聪慧，成为他创业最可靠的得力帮手。现在，张伟负责产品设计、材料购进、生产组织，而他媳妇就负责客服，负责包装。至于售后服务和财务报账，张伟全交给专业人员打理了。他说，交给专业人员去做，一是省心，二是放心。

结了婚的张伟认为不可以游手好闲，坐吃山空，必须去挣钱养家。仝海村的年轻人没有这样的闲人。他跟人出去做小工程，装修刮大白。他跟本家的长辈把大白刮到了深圳，却因水土不服无法坚持下去。这是一件又苦又累又脏的活。虽然自己不怕苦不怕脏，但终究不稳定，也不会有大的发展前途。他觉得他只适合在家乡仝海村，他应该在这片土地上实现理想。

张伟知道，像他这样的年轻人，在家乡、在异乡创业成功者，大大小小的老板，全村也有几十位。具体是多少，他还真不知道。为什么自己不能成为他们中的一员？又何时可以成为他们中的一员？

这颗创业的种子，就在张伟的心中悄悄萌发了。

这一天，张伟去见他的中学同学，他们是同班，关系友好。他的这位同学是做家具电商的。他告诉张伟，他可以在网上销售他做的家具。这比他去刮大白强多了。

张伟信了。他开始在网上销售家具。在网上卖东西，他以前也做过，只是小打小闹玩玩而已。现在，他要把它当作一番事业来做了。

夏永知道了张伟的事，鼓励他说："你可以自己创业，做实木家具。"

"可我没有场地啊！"

"你门前的空地可以利用起来，建一个厂房。它小了点，但能发展,先发展起来。”

“能建吗?手续能批吗?”

“手续我来给你办,只要你想干。”

“我当然想干!早就想干了!”

张伟在卖从同学那里拿来的家具后不久,就产生了自己办个家具厂,或者家庭作坊的念头。在仝海村,年轻人做家具已经有二三十家了,这对他具有诱惑力。现在,村支书夏永明确支持他创业,这让他信心大增。

夏永为他办好了门前建厂房的手续。张伟说那不是建厂房,就是盖一个加工的大棚。

这大棚就盖了起来,接着,加工机器也安装上了。他聘请了三个木工,开始熟悉加工程序。张伟的家具加工开始生产了。

“你是不是要感谢夏永啊?”

“不,也不是!要感谢他,村里做家具的年轻人,都要感谢他!”他又“也不是”了。

张伟是一个爱学习、爱钻研的仝海人。他手中掌握着自己申请注册的17个专利。注册商标7个,其中有一个叫“维澜轩慧”,代表什么意思呢?他说“维”即是他的名字“伟”,“澜”是他媳妇的小名,“轩”是儿子的名,“慧”是女儿的名。这个商标,只有他张伟才能够使用,别人,用不了。

张伟不断地实践、学习,丰富着自己的梦想蓝图。他花了

5000元，报名去杭州参加电子商务培训。尽管时间只有三天，可这三天学的全是有用的东西，在实战中用得上的东西，值！

“我正在添置价值四五万元的设备，做网络推广，做旗舰店，推广家具产品。前不久试做了一个，观看的流量达到170万人次。”

“是你自己的产品吗？”

“当然是我自己的。我的产品，都是白茬产品，不用油漆，把环保生态的理念放在首要位置。而且要容易安装，所以我的家具都是些‘傻瓜式组合’，深受客户欢迎。”

“你把精力都用在了家具生产经营上，你还有土地吗？谁来种？”

“家里还有几亩地，平时都是我父亲去经营，我几乎从来不问种地的事。”

“你父亲平时帮助你做家具吗？”

“不帮，他在家里帮助生产家具，嫌拘束，不愿意待在家里。”

“那么他去干什么？”

“他出去干自己的事，帮人刮大白什么的，自由自在。他想干什么，我从来也不问，让他自由自在。”

“那么以后你怎么发展呢？”

“要活得现实一些。把目前的事做好做完美。以后的事看发展，一步一步来，先走一步是一步。谁也不能料到明天后天会带来什么机遇，时刻准备着就是了。”

“你没有在村里干什么事吗？”

“没有没有。忙不过来。你忙自己的，就忙不了村里的。村里有事找我，当然一定会尽力去办好。我现在想的就是把自己的家庭经营好，把孩子培养好。我在城里已经买好了房子，那是为孩子将来上学做准备的。”

“你现在年销售是多少？”

“四五百万吧，小的。”

“利润率在10%左右？”

“也就那样吧，不会很高。很高的时候过去了。”

“那你也有条件在城里买房，送孩子去城里读书。”

“在仝海，年轻人在城里买房陪孩子读书的人，多了。”

我点点头，情况确实如此。就在这时，他拿起手机，给仝海村部的饭店老板打电话，说中午安排一桌人吃饭，有什么好菜尽管安排好。接着又给张延威打电话，说中午在饭店陪他吃饭，多找几个人。张延威对他说中午找不到人，又不准喝酒。结果，张伟一听，决定干脆不去饭店了，由张延威随意带我去吃饭。张延威也不反对，把张伟订好的菜给退了。“没有人喝酒，要这么多菜吃不了！”

这个时候，我心里就明白了为什么夏永打算在仝海建一个电商创业园了。

第二十四节　霜降

更多的仝海村开启新征程

红衣落尽暗香残，叶上秋光白露寒。

越女含情已无限，莫教长袖倚阑干。

——羊士谔

“一城青山半城湖”，这是走进新时代，人们对徐州的赞美。这几乎成了闻名天下的赞词。

2020年1月20日，在这座有着诗与远方的城市，市委书记等领导来看望全市入选省首批“百名示范”“千名领先”的村支书代表，其中就有夏永。

市委书记的到来引起代表们的一阵激动。他们知道这是一份荣耀，也是一份贴心贴肺的关怀。

夏永听到市委书记说：“希望你们继续扎根基层、勇挑时代重担、密切联系群众、赢得群众信任，进一步团结带领农民兄弟发展经济、增收致富，扎实抓好基层社会治理、乡村文明建设等工作，带领农民群众过上更加美好的幸福生活，为建设‘强富美高’新徐州做出新的更大贡献。我向入选省首批‘百名示范’‘千名领先’的村支书们表示祝贺，感谢大家长期以来为推动乡村改革发展做出的贡献。”

市委书记接着同代表们交流：“村级党组织是我们党在农村全部工作和战斗力的基础，是我们党联系群众、服务群众、执政为民、造福百姓的桥梁和纽带。

“贯彻落实好党的路线方针政策，带领农民群众发展经济发家致富，在农村大力弘扬先进文化、不断提升农村社会主义文明程度，要靠基层党组织充分发挥好战斗堡垒作用，更需要广大村支书充分发挥好带头人的作用。”

夏永边听边在心里记下，仿佛市委书记的这些话就是对仝海村党支部说的，就是对他这名村支书说的。他听到市委书记在向他提出明确要求。

“希望大家切实担当起抓党建、促发展、惠民生的责任，按照‘全面覆盖、全面加强、全面融合’的要求，持续抓好基层党组织的建设，做到有党员的地方就有党的组织，有群众的地方就有党的工作，有工作的地方就有党的领导，真正把基层党组织建设成为坚强的战斗堡垒。

“希望大家立足工作岗位，真情服务群众，团结带领广大群众听党话、跟党走，扎实做好脱贫攻坚、产业发展、富民增收、社会治理、乡村文明等工作，切实办好各类惠民实事，让广大群众共享改革发展成果。”

夏永在心里点点头。他记住了战斗堡垒作用，他记住了富民增收，他记住了乡村文明，他记住了服务群众、联系群众、惠及群众。

“村支书的工作在基层、肩上担重任，岗位重要，工作辛苦。各级党委、政府要建立制度机制，落实有效措施，给予村支书们更多的关爱、关心，更好地激发大家干事创业、服务群众的激情、热情。”

夏永的心被一股暖流击中，他感动于市委书记是知道他们村支书，了解他们村支书，关心、关爱他们村支书的。有了这股温暖的力量，还有什么困难可以阻挡仝海继续前进呢？

“全市基层党组织要以‘百名示范’‘千名领先’的村支书为榜样，树起标杆，比学赶超，担当实干，以优良的作风和务实举措，加快推进农村改革发展，真情为百姓解难事、办实事，为高水平建成全面小康社会，推进幸福徐州‘大家庭’建设做出新的更大贡献。”

夏永自豪地知道，他就是这群榜样中的一个，他应该拿出比普通人更好的成绩，付出更多的努力，担当更多的责任。他和仝海的榜样作用，必须坚定地发挥下去，不能辜负市委书记殷切的希望，不能辜负各级领导的信任和仝海父老乡亲的拥护。

我们在这里看到的是一个仝海村，而在她的背景中，有无数个“仝海村”正在振兴的土地上奋起！

睢宁县委先后出台了“十条八法二十例”，实施了村级集体经济增收“624计划”和精准扶贫“1030工程”，村级集体经济发展进入快车道。从面上看，睢宁县的村级集体增收是比较快的，但是村与村之间发展不平衡，部分村的经济基础非常薄弱。睢宁县委、县政府决定让一些发展比较好，有资源、有项目的村与弱村结对子，实现抱团发展，共同致富。这在仝海村就有了“8+1”模式。

正是在县委、县政府的大力支持下，结合“书记项目”，扩大仝海村的示范作用和影响力。邱集镇建立了“强弱村结对互助机制”，按照“地域相邻、产业相近、优势互补、合作共赢”的原则，筛选战斗力、综合实力、辐射带动能力强的村党组织，与薄弱村党组织结成“帮带共建”对子，探索“抱团发展”之路。仝海村与东倪村结上“缘”了，就如同长江村与仝海村“联姻”一样。仝海，变成了邱集镇的“长江村”，夏永就成了帮扶村的党建指导员。

支部强不强，关键看龙头。加强村级组织带头人队伍建设，对于确保农村基层党组织始终发挥领导核心地位至关重要。邱集镇有33个行政村，但村级之间发展不平衡，部分弱村党组织战斗力低下，推动科学发展意识不强、办法不多、能力不足。

按照“联思想带观念、联组织带提升、联技能带致富、联责任带稳定”的“四联四带”的工作要求，让强弱村结成共建对子，强村运用班子和党员干部队伍建设中的好经验、好做法指导弱村。仝海村与附近8个村结成了对子，通过基层党组织统一活动日，结对双方召开党建工作推进会，组织弱村党员到强村观摩学习共同上党课，学习先进经验，互相启发，交流协作。邱集镇将强村与弱村通过捆绑考核的方式实施利益捆绑，镇党委、政府与强村签订责任状，将弱村发展情况纳入考核目标。强村党支部书记担任弱村党建指导员，加强弱村班子建设和村级事务管理，提高弱村党组织战斗力，发挥龙头带动作用。

“镇里每半个月举行一次村干部论坛，让我了解到其他村的发展经验，我们已经组织村班子成员和党员到先进仝海村学习了三次，理出了新的发展路子。”关庙村党支部书记王敦超说。

“通过村干部论坛和空中大讲堂，定期进行经验交流，帮助弱村理思路、定目标、谋出路，真正解决发展难题。与仝海村结对的有高楼、东倪、王术、关庙、董塘、沙祠等8个弱村，都是相邻的村，我们通过强村帮扶弱村，做到‘五个一’：帮助建强一个好班子、制定一个发展规划、完善一套规章制度、提供一批致富信息、解决一个制约发展难题。”

高楼村党支部书记说，弱村学习强村，要做到“三个一”：开展一次实地调研、谋划一条发展思路、制定一个整改方案。

“我们王术村和仝海村产业相近，都是水稻种植。仝海村统一提供了育苗、管理、肥料等支持，待水稻成熟后统一回收，同时每斤多给我们两毛钱。估算下来，比种植杂交水稻，每亩可多收入500元左右。今年村集体收入就能超过10万元。”王术村党支部书记李威说。

邱集镇以全海村为示范，发挥在党建、集体经济和产业发展上的优势，通过项目扶持、技术指导、资源共享等方式，积极向弱村延伸优势产业，与弱村共享实用人才、种养经验、市场销售等资源，发动产业带头人、致富能手和党员干部，与弱村建立“一帮一”“一帮多”或“多帮一”的帮扶对子，组织农业产业化龙头企业，农民专业合作社，种植、养殖大户等帮助弱村制定切合实际的项目部发展规划，因地制宜发展种植、养殖、加工等“一村一品”特色经济，有效解决弱村经济发展缓慢的问题。

为避免运动式帮扶，促进强弱帮带共建长效化，由镇党委牵头建立领导包干、联席会议、跟踪督办等一系列长效工作机制。由包片领导任包干责任人，定期组织强村和弱村召开联席会议，会商发展中遇到的问题，对商定的问题解决措施实施跟踪督办，确保问题得到切实解决。

邱集镇的成功做法为全县提供了样本，县委组织部及时总结了经验，将这一做法向全县推开。各镇纷纷结合实际，广泛开展结对帮扶。全县20个软弱后进党组织和53个经济薄弱村党组织全部实现和强村结对。

强弱村结对抱团发展作为推动党建促扶贫的有效抓手，县委组织部明确要求，要根据强村与弱村的比较优势和互补情况，将基层党建、发展规划、产业扶持、资源共享、集体增收等内容细化到具体项目部，明确目标，明晰责任，实现责任共同化、考核一体化，推进强弱村互助落到实处。同时，结合“比学赶超”季考和日常巡查，严格兑现奖惩，对年度未完成帮扶目标的强村支书进行诫勉谈话，考核等次降级；对弱村支书实行考核报酬扣减。

收获的季节，秋风习习，稻浪泛金，稻花香气弥漫于丰收在望的乡村阡陌中。邱集镇走出了一条以仝海为样本的农村集约集聚发展、党建引领乡村振兴的新路子。邱集镇在2018年被评为江苏省“味稻小镇”。2019年被农业农村部、财政部批准开展全国“农业产业强镇”示范建设。2020年9月17日，“全国优质稻提质增效现场会”在这里召开。

“乡村振兴，离不开党组织振兴。”邱集镇有34个行政村，充分发挥了各村的组织优势、资源优势、资金优势，打破了村与村之间的行政界限，把产业链延伸到后进村，为弱村级党组织注入了“源头活水”。

“我们村自从与仝海村结对以来，57名党员轮流跟仝海村党员一对一交流学习，原来村里一直种植传统水稻，虽然看到仝海村发展起来，但跨不过心里‘保守’那道坎。通过交流学习、现场观摩，大家都鼓足了劲，都想干出个样来。”廖巷村党总支书记邹子西说干就干。2019年村“两委”班子成员分别以2万—5万元入股，成立睢宁县邱集镇廖巷村集体股份合作社，以每亩800元流转群众1000亩土地，带动低收入户20人就业。2019年村集体收入突破25万元。“今年在仝海村的帮带下，全部改种优质籼稻万象优111。看现在水稻的长势和行情，村集体经济增收突破50万元绝对有把握。”邹子西自信地说。

2018年起，邱集镇推广稻虾、稻蛙等稻渔共作生态种养模式。镇农业公司牵头，村集体合作社与大户合作，建设“一稻三虾”生态种养示范基地，当年实现亩均收入4000—5000元，促进了土地资源综合利用和增收致富。

53岁的王宇村种粮大户孙德标的稻田其实也是虾塘。将水田四周挖出深沟养殖小龙虾，中间种植水稻，形成“虾稻共作”模式。稻田不施肥、不打农药，小龙虾在良好的生态环境里自由生长，产生的排泄物又能为水稻提供养分，形成良性循环。孙德标高兴地算了笔账：水稻新品种抗病性好，一亩省100元农药钱；稻虾共作每亩节省50公斤复合肥；绿色稻谷质量好，一公斤能贵2元；再加上小龙虾养殖——算下来一亩地能增收3000多元。

“我们村集体流转土地2680亩，由镇农业公司牵头，村集体合作社与大户合作，建设‘一稻三虾’生态种养示范基地，实现亩均收入4000—5000元，促进了土地资源综合利用和增收致富。”李甘村党总支书记朱端柱说。现在，邱集镇发展“一稻三虾”生态种养基地达3万亩，“一稻三虾”已成为邱集“味稻小镇”的主打品牌。而这一品牌的起源地仝海村，正在为“仝海味稻”注入新的动力。

2021年，站在庆祝建党百年的历史交汇点上，新一届睢宁县委提出：利用五年时间，实施“五五工程”，实现撤县建市，再造一个新睢宁。这如同一阵浩荡的东风，不仅给全县经济发展，更给邱集、给仝海指明了奋斗目标和方向，开始了新的征程！

我去仝海采访的第一天，见到了他们的镇委书记彭亮。这是一位热情自信的基层农村干部，而且有着积极向上的干劲。在我采访接近尾声的时候，他就被组织上调往更加重要的位置上去了。他留下的位置由高作镇镇长刘林威来接任。夏永说，当他向新来的刘书记汇报他对仝海发展的思路时，尤其是想使用那片村小学的废弃校舍时，刘书记没有丝毫的犹豫，全力支持了他的想法。我听了深为这位书记的果断而钦佩不已。但我不认识刘书记，我向夏永提出，可否请示一下刘书记，方便时见一面。

很快，刘林威书记在繁忙中挤出时间，安排与我见面。

朴素且充满活力的他原是邳州人，从中国矿大计算机专业毕业后，就来到了睢宁，开始人生的奋斗。官山镇、县卫生局、县计委、县经济开发区先后都留下了他的足迹。二十多年，他成长为镇委书记，他说，感谢党的培养，使他有了今天，可以更好地为老百姓服务。

说到夏永，说到仝海村和邱集镇，他说："我以前就知道夏永，从一个村支书被提拔为副镇长，还是不多见的。我还知道他在全县'11841'经营体系中做出的探索和取得的成功。他把邱集镇农业公司打造得风风火火，从水稻种子引进，到大米销售，一条龙上的每一个环节，都运作得风生水起。

"我是2月27日晚上来到邱集镇任职的，很快就听到了他的汇报。他的想法很具体，很有创意。我们按县委、县政府的部署和要求，就是要强镇富民。他的想法我当然会全力支持。不但支持，还要给他加担子、增任务。提出全镇布局是南农北工，农业提质增效，工业突飞猛进。把邱集打造成国家级农业强镇，建设3万亩优质稻产业群。镇农业公司的年产值、利润、资产负债率和冷库运营居全县领先水平，经营体系科学，建立现代企业管理制度。我们在向年增千万利润的目标迈进。仝海村要成为省级特色田园村。

"仝海有可用的闲散土地，比如那个废弃的小学校，按规划要求，要充分利用起来，盘活起来，让老百姓在发展中得到实惠，坚决防止返贫现象发生。这就是我们基层党员干部必须做到和完成的目标任务。全海建造一个大米加工厂，可引入民间资本，由出资人筹建，每年租金返还给出资人。三五年后，这厂房资产的所有权就全部归村集体所有了。解决老百姓就业，在家门口致富，变输血为造血，是我们对老百姓走向更加美好生活的选择！

“新时代赋予我们共产党人新的历史使命，我们没有理由不全力以赴担当起来，去创造新的辉煌篇章。”

尾　章

采访即将结束时，收到了一个好消息：睢宁县委组织部公示提拔的名单中，夏永名列其中！我对张延威说：“你们的夏副镇长，要成为夏委员了！”

这是对带领农民实施乡村振兴战略的信任和期待。

在庆祝建党百年的日子里，夏永进入镇党委班子，是仝海人收到的一份厚礼。

睢宁，是一块红色的土地，此时此刻，它的发展是告慰先烈们最好的表达。

睢宁县烈士陵园位于邱集镇，是为纪念在泗州战役中牺牲的烈士而建的。2013年省慰烈工程实施后，全县200多座四散的烈士墓相继迁入陵园。陵园安葬的烈士总数达到212位。

园内建有一座19.46米高的纪念塔（因泗州战役发生在

1946年，故建此高度），塔身正面“革命烈士永垂不朽”的八个大字由原二炮副司令员王统业中将题写。

那些长眠在地下的英烈们，在人间美好的四月天，也许听到了一支《仝海之歌》，新的一百年的奋斗从此时开始，他们一定会感到欣慰！

先烈们用血染的旗帜，映红了仝海这片厚土，照亮了仝海的未来！后来人的血管里，也流着与先烈同样的热血。

2021年4月14日于工作室

2021年5月27日改毕